原作／希島あいり　文／高井うしお

彼女のリアル

ドラマじゃないなんて知ってた

希島あいりの恋とセックス

河出書房新社

本書は、希島あいりさんの体験談を原作として小説化したものです。

目次

《QRコードで音声を聴くには》

スマートフォンやタブレットの
QRコード・バーコードリーダーアプリで読み取ると、
希島あいり録り下ろし音声ファイルにアクセスできます。

【ご利用の前に】
○機種ごとの操作方法や設定に関してのご質問には、対応しかねます。
○スマートフォンやタブレットを使用する地域によっては、通信圏外となる場合がございます。
その際は、本サービスはご利用できません。
○通信に際しては別途通信料がかかります。Wi-Fi環境下で音声を聴くことをおすすめします。

なんにも知らなかったわたしへ。

わたしはわたしを生きているよ

「――小説？」

わたしの体験談を聞いて、それを小説にするのだという。

出版社からそんなオファーが来て、最初はピンとこなかった。

本当にわたしの話を小説にするの？

そんな状態のまま、わたしはインタビューのために出版社の会議室を訪れた。

向かい合わせに座った編集者は、今回作りたい本は単なる官能小説にしたくない、とわたしに言った。

「日々刻々と変わる現代の恋愛と性事情を希島さんの実体験を通して浮かび上がらせたい。わたしだけじゃなかったんだ、と共感できる物語を本にしたいんです」

「でもわたし、小説なんて書いたことありません」

正直言って、わたしに書けるわけがないと思う。

編集者はわたしの不安げな表情を見て、歯を見せて笑った。

「安心してください。こちらで作家さんにも声をかけて、二人三脚で書くことになります。希島さんはご自分の体験を率直に話していただければ」

それにしても、わたしの人生を語ることになるなんて想像もしていなかった。

だって、わたしはＡＶ女優をしているといっても、誰かパパがいたとか、たくさんセフレがいたというわけじゃない。

そういう刺激的な話を求めているんだったら、わたしじゃないほうがいい、と思った。

だけど、そういう等身大の女性としてのわたしの話を聞きたいと言われて、わたしは気持ちを決めた。


世の中には、エッチな漫画や動画が溢れている。

でもそれらは、親が生活態度に厳しく、門限があるため学校と家を往復するだけの生活だった「なんにも知らなかったわたし」には届かなかった。

この仕事をしているからというわけじゃないけど、性の知識はないよりあったほうがいいと思う。

自分を守るために、そして誰かを傷つけないために。

人間として当然備わっている本能について知らないというのは不自然じゃないかと思うの。

だから、この機会を通じて、わたしの経験や感じたことを正直にお話しししよう。

そうしたら、かつてのわたしみたいな女の子に届くかもしれない。

……なんて。考えすぎかもしれないけど。

わたしは不安と期待がないまぜになった気持ちで、ぽつりぽつりと自分のことを話し始めた。

机の上のレモンジュースは、いつの間にかすっかり氷がとけていた。

「それから……あの……」

時折言葉が詰まったりもしたけれど、わたしは話している最中に、自分の性を目覚めさせてくれたきっかけを思い出していた。


今のわたしを生かしている「セックス」というものの、始まり。

それは小学校高学年くらいだったと思う。

手足がひょろりと伸び出して、体が曲線を持ち出した、子供から女性への変化を始めたあの季節。

わたしは歯医者の待合室で、雑誌『an・an』を立ち読みした。

わたしが読むにはまだまだお姉さん向けのその雑誌で目に入ったのは、「セックス特集」だった。

それはその雑誌の名物特集だったのだけれど、当然その頃のわたしはそんなこと知らなかった。シンプルな白いフォントのその文字は、そっけない印象で、本当に何気なくページをめくったのだった。

女性のために書かれたセックス特集は、変にいやらしく煽ることもなく、でも赤裸々に書かれていて。

性について興味を持ち始めたわたしの、覗き見たい気持ちを満たしてくれた。

その中でわたしの目を引いたのは「オナニーの頻度」という記事。それを読んで、わたしは〝これまでにしたことがある行為〟が「オナニー」という名前だということを知った。

そのときわたしは……多分安堵したのだと思う。

厳しい親のもとで育ったわたしは、性に関する知識が同年代の人に比べて乏しかった。

ただ、子供なりの性欲というか、興味そのものは普通にあった。

今までアソコが角に触れて軽く快感を覚えたり、なんとなく触ってはモヤモヤしていたものに名前がついた。

名前がついたことでわたしは一人ではなくなったのだ。

その名前で呼ばれていると言うことはそう呼んでる誰かがいるということ。

その誰かの存在に、わたしは救われたような気がした。

――わたしの性の目覚めはそんな感じだった。


その後に、本屋で官能小説っぽいような、エッチな本をこっそり買ったのを覚えている。

恥ずかしいから普通の本の下に隠して、レジに持って行った。

やらしい感じで胸がはだけている女性の表紙。

知らない単語。

ドキドキする擬音。

ページをめくるたびに目に飛び込んでくるさまざまな文字は、わたしにとってすごく刺激的だった。

それから何冊かそれ系を買ったかな。

ＢＬもあったと思う。

ただ、その頃わたしはどちらかというと真面目な女の子で、スカートの丈も長かったし、派手な色の服も持ってなかった。

クラスの男の子に片思いしている平凡な女の子だった。

あの頃のわたしが今のわたしの職業を知ったらびっくりするだろうな。


――わたしは今、ＡＶ女優をしています。


「……ふう」

話し終えて帰宅し、カチャンと鍵を閉めた後、なんか変な日だったなと思った。

何時間も話していたから、喉がざらついている。

肩のあたりにいつもは感じない疲労感が乗っかっている。

それと同時に、妙にすっきりとした気分でもある。

ポンとバッグを放り投げ、着ていたジャケットを椅子にかけ、ソファの上に寝転がった。スイスイと意味もなくスマホの画面をしばらく眺めていると、ほてった頭が静まっていくのを感じる。

「あんなんでよかったのかな」

今回に限ったことではないけれど、たくさん喋った日にはいつもこんな感じ。変じゃなかったかな？　とか、ちゃんとできてたかな？　とか、後からじわじわと感情が湧き出てきて、考えても仕方ないのに思い返してしまう。

今日はデビュー前のことを含めた話だったから、なおさら。

部屋の鏡の前に立つと、困った顔をした自分が見えた。

「にっ」

鏡に向かって顔面の筋肉を全部使って笑いかける。

いろいろ、昔のことを思い出したからね。

切り替えないと。

カメラがそこにあるかのように、わたしはポーズを取りながら笑顔を何パターンか作った。

――大丈夫、笑えてる。

かつては全然、笑えなかった日もあった。
でも今は笑えている。
あの頃の自分より、今の自分のほうが断然好き。
それだけの努力と決断をわたしがしてきたから。

でも根っこには、相変わらずあの女の子がいるんだろう。
モノトーンの服を着た硬い表情のあの女の子。
……昔の自分。
自己肯定感の低さはわたしが一番わかっている。
だからこれは儀式のようなもの。
「ねぇ」
鏡の中の、灰色の女の子が顔を上げる。
垢抜けない、目ばかり大きな女の子。
「あなたのことを久しぶりに思い出した」
昔のわたしは、亀のように動かない。
そうやって、押し込められた日常と飲み込めない理不尽をやりすごしていたんだよね。

「本当はキレイな色も、リボンもフリルも好きなのにね」
華美な物は禁じられていた。
だからこそ、憧れた。
ソファから立ち上がり、クローゼットの扉を開ける。
奥にしまい込んでいたワンピースを取り出した。
ピンクの花柄にフリルのついたそれを胸元にあてて、鏡を覗き込む。
「こういうやつ」
もう年齢的に着られないかなと思って、最近は着てないけど。
こういうのが欲しかった。
お化粧もしたかった。
そういう憧れは人一倍強かったように思う。
かわいい。
キレイ。
そう言われたくて、いつも飢えていた。
わたしはワンピースをクローゼットにしまった。

なんにも知らなかったわたしへ。

あの日知った「セックス」がわたしの人生を変えるよ。

今はレールに縛り付けられて窮屈だろうけど、ある日、それを全て打ち捨てて、違う道を走ることになるの。

恋もするよ。

仕事もするよ。

わたしは精一杯生きるよ。

やりたいことをやるよ。

ままならないことも、嫌なことも当然あるけれど、後悔はない。

自分が選んで、自分で決めた道だから。

なんにも知らなかったわたしへ。

わたしはわたしを生きているよ。


下記のQRコードから、希島あいりによる《音声ファイル❶》を聴くことができます。

Я.Зеленевский · ОРГАНИЗАЦИЯ ТРУДОВЫХ

小鳥みたいな、キスをした

——Aくんを好きになったきっかけは、小学校四年の図工の時間だった。

クラスのやんちゃな男子が、ふざけて角材を振り回していて、近くにいたわたしは当たったら嫌だなと思いつつも言い出せずにいた。

「おい、危ないだろ」

そんな男子に声をかけて、角材をひっつかんだのがAくんだった。

(守ってもらっちゃった)

彼にそんな気はさらさらなかったかもしれないけれど、わたしはそれが嬉しくて、簡単に恋に落ちた。

Ａくんは、小柄で眼鏡をかけていて、お猿さんみたいなイメージの男子だった。

憧れの王子さまという感じではなかったけれど、わたしはずっと好きだった。

中学校に上がっても、そんなわたしの気持ちは周囲にバレバレだった。

Ａくん以外には。

「ねぇ、Ａくん来たよ」

友達がからかい半分にわたしに囁《ささや》く。

そんな、余計なこと言わなくていいのに。

「先生、ちょっと用事で部活遅れるから、勝手に始めててだってさ」

「あ……うん」

Ａくんとわたしは同じバスケ部。

というよりＡくんを追いかけて同じ部活に入った。

「じゃ」

伝言を伝えると、彼はすぐに机を離れた。

もっといろいろ話したいのに。

あいかわらず、わたしはただ見ているだけしかできない。

ずっと、ただ見ているだけかも。

そう思っていたわたしとAくんの関係に転機が訪れた。

バスケの練習試合をした他校の男子が、わたしのことを好きになって、連絡先を知りたいと言ってきたのだ。

そしてそれをわたしに伝えてきたのは、あろうことかAくんだった。

なんだかなぁ、と思ったけれど、Aくんのメアドを知らなかったわたしは、これはチャンスかもしれないと思った。

そうして手に入れたAくんの連絡先。

わたしを好きな他校の男子との連絡のついでに、わたしはAくんとやりとりを始めることになった。


――親にも、友達にも秘密。

Aくんとメッセージを交わすのは楽しくて仕方がなかった。

肝心のメールの内容は、顔もよく覚えていないその他校の男子のことだったりして、内心複雑だったけれど、わたしはさらにAくんに夢中になっていった。

一応、キューピッド役になってしまっているAくんの顔を立てて、その他校の男子とも会ってみたのだけれど、わたしが興味がないのを察したんだろう。その男子とは疎遠になっていった。


「俺と付き合ってくれないかな」

そうAくんから告白をされたのは、その後だった。

メールのやりとりをしているうちに、なんとなくそんな感じはしていた。

でも、自分の思い過ごしかもしれないし、確信はなかった。

「あ、うん……」

答えは当然「はい」。

そう決まっているのに、わざともったいぶって、髪をかき上げて、わたしはなるべく、なんでもない風を装って返事をした。

「いいよ？」

こうして、わたしとAくんはお付き合いをすることになった。

家に帰り、リビングにいた家族を素通りして急いで自分の部屋に入った。

夢みたい、夢みたい。

わたしは舞い上がっていた。

このまま死んじゃいたい、そんな風に思うくらいに。

わたしは幸せの絶頂にいた。


といっても、中学生の身分ではそれらしいことってたいしてできるわけもなく。

門限だってあるから、二人きりの時間が持てるのだってほんの少し。

部活が終わって、同級生たちと微妙に帰る時間をずらして、約束していた踏切のところまで行くと、Aくんは片足をぷらんぷらんさせて所在なげにしていた。

「待たせちゃったね」

「ううん」

二人連れだって歩き始める。

手の甲が三回、ぶつかり合ってどちらからともなく手を握った。

触れたところがじんじんする。

わたしは何を話したらいいかわからなくて、唇をやたらと舐めていた。

草むらの虫の音ばかりが響く中、Aくんはぴたりと足を止める。

「なあ、アイス食おう」

怒ったような顔をしていたのは、きっと彼も緊張していたからだろう。

「う、うん」

わたしはこくこくと頷き、コンビニに入った。

冷凍庫の前で、「どれにする?」とAくんが聞く。

わたしはパピコを手に取った。

「これがいい」

「じゃあ半分こにしようか」

袋からパピコを取り出して、パキンと二つに割る。

分け合うという行為がいかにも恋人っぽい、とわたしは浮かれていた。


Aくんには妹がいて、わたしも面識があった。

だから、その妹と遊ぶという名目で、わたしはAくんの家にも出入りするようになった。

Aくんの家の庭にはバスケットゴールがあって、シュートの練習をしようとか、そんな風に彼を誘って。

その日はたまたま妹も、Aくんの両親も不在で、わたしたちはAくんの部屋にいた。

部活の話やテストの話をしながら、ぺたんと床に座って、Aくんの肩に体を預けていた。

お喋りも尽きて、わたしたちの間に変な沈黙が流れた。

「なんか聞こうか」

Aくんが立ち上がってラジオをつけた。

DJの軽快なトークと裏腹に、Aくんの緊張が触れ合った肩から伝わってくる。

「……いい？」

絞り出すようにAくんが聞いた。

何が、とは言わなかったけれど、Aくんが何をしたいのかはすぐにわかった。

「いいよ」

とわたしは答えた。

Aくんは上半身を起こして、わたしの両肩を摑む。

湿気を帯びて、とても熱い手のひら。

いけない、目を瞑らなきゃ。

これから起こることに対しての、乏しい知識を駆使して、わたしはぎゅっと目を瞑った。

――そして、触れた。

小鳥みたいに、Aくんのかさついた唇が、触れるか触れないかのキスをした。

（わたし、本当にキスしてる）

早鐘のような心臓の音が鼓膜に響く。

熱くて痛い。

ラジオからはサザンの曲が流れていた。


初めてのキスに大混乱したわたしは呼吸を忘れていたみたいで、息苦しさで目が回りそうになった。

「はっ……あの……！」

わたしは息を荒げながら立ち上がる。

「ちょっと、ごめん！」

Aくんをその場に置き去りにして、どういうわけだかわたしは部屋を飛び出し、Aくん家の外にいた。

「うわぁ、うわぁ……！」

息が整うまで、わたしはうろうろと家の前を落ち着きなく歩き回る。

嫌だったわけじゃない。

むしろ幸せで、幸せで、頭がどうにかなりそうだったのだ。

こんなにたくさんの幸せをくれるAくんはなんなんだろう。

わたし、Aくんの彼女になれて本当によかった。

しばらくして落ち着きを取り戻したわたしが彼の部屋に戻ると、Aくんに心配そうな顔で「大丈夫？」と聞かれた。

わたしは変ににやにやしながら、荷物をまとめて帰ったと思う。

このあたりは頭がふわふわして、あんまり覚えていない。


晴れてわたしはAくんと恋人同士のキスをしたわけだけど、そこからじゃあ次、とはならなかった。わたしはまだまだ子供だったんだと思う。

キスは飛び上がるくらいに嬉しかったのだけど、そこからエッチに進むというのが繋がらなかった。

だからわたしとAくんは、それからも一緒に下校したり、家に遊びに行くだけの関係が続いていた。

この頃はまだ、キス以上のことなんて頭に浮かんでなかった。

ただ、一緒にいるだけでも十分楽しかったんだよね。

あの夜空の光を、きっとずっと忘れないと思う

「疲れた、もう無理」

その日はテストも近いので、Aくんの家で彼と一緒に勉強をしていたのだけど、先に集中が切れたのはAくんのほうだった。

「なんか飲み物持ってくる」

そう言って彼は階段を下りて行った。

しばらくすると、コツコツとノックの音がする。

ドアを開くと、トレーにコップを載せたAくんが立っている。

ただ、それだけなのになんか気恥ずかしい。

「麦茶しかなかった」

「うん、いいよ」

「あと、これ」

Aくんは何かを差し出した。

受け取ったそれはディズニーランドのお土産のクランチクッキーの缶だった。

「食おうぜ」

「どうしたの、ディズニーランド行ったの？」

「妹が友達と行ってきた」

「へえ、いいなあ」

わたしはおどけたミッキーの顔を指でなぞる。

Aくんはわたしから缶を取り上げると、袋を開けてクッキーをバリバリ食べ出した。

「うま」

「わたしも食べる」

「ん」

わたしは手のひらの上に載せられたクッキーをもぐもぐしながら、Aくんのほうをチラチラと見ていた。

「ディズニー、好きなの？」

二個目のクッキーの袋を開けながら、Aくんは聞いてきた。

「うん、普通に好きだよ」

「そっか」

Aくんは黙ってしまった。

麦茶のグラスが汗をかいている。

わたしが意味なくそれを拭っていると、やっとAくんが口を開いた。

「行きたい？」

それはAくんと、ということだろうか？　と少し考えて、わたしはこくんと頷いた。

「うん、行きたい」

「何乗る？　あれだ、あれ好き。ビッグサンダー・マウンテン」

Aくんはまるで自分たちが今すぐエントランスゲートをくぐったみたいな口ぶりだ。

「じゃあスプラッシュ・マウンテン。で、チュロス食べる」

「いいな、チュロス」

そう言ってAくんは笑う。

その後、我に返ったのか、彼はしぶい顔をした。

「行きたいけど、小遣い貯めなきゃ」

「わたしも……」

そう言いながら、急に不安になってきた。

お小遣いも心配だけど、両親になんと言って行こうかと考える。

ディズニーランドで遊ぶとなると、丸一日かかるし、お土産だって買いたいし、黙って行くのは無理があるだろうな。

もし男子と一緒だってバレたら、最悪……別れさせられてしまうかもしれない。

「ね、いつか行こうね」

そんな言葉で、わたしはモヤモヤを封印した。


わたしはいい彼女だろうか。

Aくん家からの帰り道、わたしはそんなことを思いながらとぼとぼと歩いていた。

——どうしてわたしと付き合ってくれたんだろう？

——わたしと一緒にいて楽しいかな？

ぐるぐるとネガティブな思考がループする。

悪い癖だな。さっきまであんなに楽しかったのに。

わたしの気持ちを表しているように、空が薄暗く暮れている。

急がないと。

今来た道を振り返ると、影が長く伸びていた。


うだるような暑さにひいひい言いながら、わたしとAくんは下校していた。

結局、ディズニーランドに行く計画は具体的にならないまま、もうすぐ夏休みに入る。

「暑いなぁ。どっか行こうよ、涼しいところがいいかな」

「えっ……」

わたしはこの間のディズニーランドの話が頭をよぎって、思わず聞き返してしまった。

当然「うん」という答えを期待していただろうAくんは、わたしの反応を見て意外そうな顔をした。

「今じゃないよ。夏休みに」

「あっ、その、行きたくないとかじゃなくて」

わたしは風が吹くくらいぶんぶん両手を振って、とにかく違うの、と繰り返した。

「塾の夏期講習もあるから……」

だから行けないというわけではない。

それなりに忙しいけれど、一日二日、どうにかならないわけではない。

普通に「うん、いいよ」って答えればよかったのに。

わたしとAくんとの間に、気まずい空気が流れる。

「泣くなよ」

「泣いてなんかないよ」

Aくんの問いに答えた声が震えていることで、わたしは自分が泣きそうになっているのに気付いた。

「ごめん」

全然悪くないのにAくんが謝った。

「こっちこそ、ごめん」

わたしはAくんに申し訳ない気持ちでいっぱいで、食い気味に謝り返したのだった。

家に帰ったわたしはクサクサした気分を洗い流したくて、すぐにお風呂場に行って、冷たいシャワーを浴びた。

濡れた髪を拭きながらリビングに行くと、弟が冷蔵庫を漁っていた。

「カルピス飲むー？」

「うん、飲む」

弟が入れてくれたカルピスを持って、わたしは自分の部屋に向かった。

携帯を開いて、ボタンを指でなぞる。

「……ご・め・ん・ね……いやいや、しつこいって」

わたしは冷たいカルピスをちびちび飲みながら、メール文を打ち込んでいく。

さっき謝ったんだから、またごめんって言ったら重いかも。

でも、わたしが悪かったし……と文字を打っては消し、打っては消しを繰り返す。

「あっ」

そんなことをやってたら、先にAくんからメールが来た。

「夏祭りは行ける？　花火大会もあるし、B組のやつらもみんな来るって」

地元の夏祭りなんだけど、そういえば花火大会もあるんだった。

夏祭りか……クラスのみんながいたら二人っきりにはなれないけど、堂々と遊びに行ける。

「浴衣、見たい」

返事を考えているうちに、続けてメールが来た。

「いいよ」

わたしはそう答えて、語尾に大量のハートマークをくっつけた。


夏祭り当日。

「手、上げて」

「はい」

わたしはお母さんに頼み込んで、浴衣を着付けてもらっていた。

白地に朝顔の柄が入った浴衣。

子供っぽいだろうか。

本当は新しいのが欲しかったけど、言い出せないうちに当日が来た。

Aくんに見せるのは初めてだからいいかな。

「わー、袖がじゃま」

着付けてもらってから、髪をお団子にしようとしたらどうにもやりにくい。

「こういうのは先に髪をやっとくのよ」

お母さんは半分呆れながらかんざしを挿すのを手伝ってくれた。

「遅くなりすぎないようにね」

「はい、気をつけます」

わたしはスキップしたいくらい、うずうずするのをぐっとこらえて玄関を出た。

家の前の道の角を曲がって、わたしはポーチの中をまさぐり、ちっちゃいミラーとグロスを取り出して塗った。

ついでに前髪も整える。

「もしもし、今家出たから」

Aくんに電話をして、待ち合わせ場所に向かう。


どうかな。

かわいいって言ってもらえるかな。

カランカランと高い下駄の音を鳴らして、早足でわたしは歩いた。

Aくんはすでにクラスの友達と合流していた。

「おう」

わたしを見て、Aくんは顔を上げて小さく手を振ると、すぐに目を逸らしてしまった。

代わりに女友達が手を広げてわたしに抱きついてきた。

「わ〜浴衣かわいい〜」

「そっちもかわいぃ」

その子は赤い金魚と縞模様の浴衣を着ていた。

おしゃれっぽくて羨ましいと思いながら、わたしはAくんのほうをちらちら見た。

どうかな、かわいいって思ってくれたかな。

他の男子と話している彼は、何を考えているのかわからなかった。

すると急にこっちを見たAくんと目が合った。

「なぁ、なんか食おうぜ」

「あ……うん！」

わたしに向かってではない、みんなに向かって言ったのだけど、わたしはドキドキしながら頷いた。

「あたし、フランクフルト食べたーい」

そんなわたしに気付かずに、友達は大きな声で答えた。

「あっちにあったなぁ。お前は？」

Aくんがわたしにも聞く。

「わたしは……フライドチキン」

「よっしゃ、買いに行こ」

人混みを縫って、わたしたちは屋台で買い食いをした。

「それ美味い？」

カップに入ったフライドチキンを食べていると、Aくんが聞いてきた。

「た、食べる？」

「うん」

雛みたいにAくんが口を開ける。

赤ちゃんみたいと思いながら、わたしはAくんにフライドチキンを食べさせてあげた。


「ねぇねぇ、いい感じじゃない？」

空になったカップをゴミ箱に捨てていると、クラスメイトがこそっとわたしに囁いた。

この子はわたしがAくんを好きなことは知っているが、付き合っていることは知らない。

「うん、いい感じ」

わたしはなぜか誇らしい気持ちで、彼女に答えた。

「おーい、移動するってぇ」

他のクラスメイトが呼びに来た。

「お兄《にい》が穴場教えてくれてさぁ」

クラスでちょっとやんちゃな男子が、そう自慢げに言ってわたしたちを脇道へと案内した。

「ここ入っちゃいけないんじゃないの」

柵と黄色いロープで封鎖されたところを抜けると、人がいなくて花火がよく見えるのだという。

「上れないよ」

腰の高さまである柵。

浴衣姿の女の子たちは文句を言った。

「肩貸すから」

Aくんに手伝ってもらい、わたしたちは柵を乗り越えた。

柵の向こうは暗くて人気《ひとけ》がなくて、ちょっと先は急な段差になっている。

「あっち暗いから気をつけろよ」

「……うん」

石段に腰掛けて、わたしたちは花火が始まるのを待った。

風がやむと、湿気と熱気でやはり暑い。

汗をかいた肌に、浴衣の生地がぺたりと張り付く。

わたしはポーチの中から汗拭きシートを取り出して、首筋と、腕を拭いた。

すうっとして気持ちいい。

「使う？」

Aくんの視線を感じて、わたしがそう聞くと、Aくんは黙って手を差し出す。

「あんがと」

似合わないフローラルな香りをシートから漂わせながら、Aくんは顔をごしごしと拭いた。


——ドーン。

花火が始まった。

大きな花火が打ち上がると、どよどよと人がざわめく。

「綺麗だぁ」

「……うん」

穴場というのは本当で、遮る人混みもないそこからは花火がよく見えた。

わたしはキラキラと夜空に消えていく花火に見入った。

大きな花火が何発も乱れ飛んで、音と光がいっぱいになったとき、Aくんは石段の上のわたしの手を握った。

「Aくん」

わたしは他の人に聞こえないように小さい声で呟いた。

「みんないるよ」

「……平気だよ」

それはみんなに知られてもいいってこと？

それからわたしは、花火よりも握っている手のほうが気になってぼうっとしてしまった。


「楽しかったぁ」

わたしはドキドキしすぎて、頭がふわふわだ。

再び柵を乗り越えて、わたしたちは帰りの人混みに流されるまま、家へと帰った。

——その日の夜遅くにAくんから届いたメールには、こう書いてあった。

「本当はキスしたかった」

「わたしもだよ」

そう返してわたしはベッドで丸くなる。

耳の奥では、まだあの花火の音が響いているような気がした。

ずっと一緒にいられるなんて、なんて傲慢だったんだろう

結局、Aくんとわたしはあの日以降も付き合っていることは周りに内緒だったけど、一緒に下校して、ささやかなデートをして、わたしは幸せだった。

そんな日がずっと続くのだと、わたしは勝手に思い込んでいた。

なんか変だな、と思ったのは夏休みが明けてからだった。

「Aくんの彼女かわいいんだって」

通りすがりに耳に入ってきた噂話。

それってわたしのことだろうか、Aくんが誰かに話したのかな。

初めはそう思ったのだ。

だけど、仲のいい子がなんとなくよそよそしい——気がする。

いつもAくんのことをからかわれていたのに、その話題を避けているように思える。


その違和感の正体が判明したのは、塾の帰りだった。

B美という子がわたしを訪ねてきたのだ。

垢抜けて大人っぽい子だなと思った。

B美は値踏みをするような視線をわたしに向けた。

「わたし、Aくんと付き合っているの」

見知らぬ他校の女の子にいきなりそう言われて、わたしは面食らった。

「えっと……Aくんはわたしと付き合ってるよ」

わたしは戸惑いながら、そう返した。

「知ってる」

気の強そうなその子は、当然という顔をして答えた。

「でも、好きになっちゃったからAくんに告白したの。そしたら、わたしと付き合うって」

「それ、Aくんが言ったの？」

「当たり前でしょ」

「そんなの信じない、嘘つかないで」

わたしが言い返すと、女の子は自信満々に笑って、「じゃあAくんに聞いたらいい」と言ってきた。


「話があるんだけど」

わたしは家に帰るとすぐにAくんにメールをした。

「わかった」

すぐに返事が来た。

そのまま問い詰めたい気持ちだったけれども、メールで済ますような話じゃないと、朝一番に学校で会う約束をして、わたしは携帯を閉じた。


「――ごめん、目移りしちゃった」

翌朝、まだ他の生徒が登校していない時間、学校の廊下の隅でAくんが告げた言葉にわたしは唖然とした。

「どういうこと？」

思ったよりも低い声が出た。

わたしが本気で怒っているのが伝わったのだろう。Aくんの顔に焦りの色が見えた。

「わたしのこと好きじゃないってこと？」

「いや……好きだよ。でも、その子のことも好きっていうか……決められなくて」

しどろもどろになりながらAくんが語ったのは、B美に告白されて嬉しかったけど、わたしと別れる気にはなれず、現在、どちらとも付き合っている状態だということだった。

それで業を煮やしたB美がわたしに突撃してきた、というわけだ。

「それでわたしが悲しまないと思ったの？」

声が震えていた。

悲しいというよりも怒りで。

もっともっと言いたいことはあるのに、呆れすぎて言葉が出てこないだなんて。

「そんなことは……ないよ」

Aくんの声を聞いただけでもイライラした。

なんでこんなやつのことが好きだったんだろう。

小学生の頃からずっと好きだった。

一緒にいられるときはすごく幸せだったのに。
ずっと一緒にいたかったのに。
Aくんはそうじゃなかったんだ。
わたしは体の真ん中に冷たい物が突き刺さっているような気分がした。
それは花火大会の日、握った手の熱さと対照的だった。
「もう話しかけてこないで」
絶対にAくんの前で泣きたくない。
そう思ったわたしは声を絞り出してAくんにそう告げると、廊下を後にした。

家に帰ると、カレーの匂いがした。
いつも通りの家の様子に、ムカムカしてくる。
Aくんのことなんて一言も言ってないから、そんなの当たり前なのだけれど。
「うっ……」
わたしはバッグをベッドに叩き付けると、そのまま突っ伏した。
脳みそが沸騰したみたい。
嫌な気持ちだけが頭を駆け巡った。

それから泣いた。

けれど家族にバレないように、大声は出せなかった。

声を殺して、でもその分、涙と鼻水が洪水みたいに溢れてくる。

ティッシュで拭う端から、また涙が頬を伝う。

途中で母親が夕飯に呼びに来たけれど、真っ赤に腫れ上がった目を見せるわけにもいかないし、とてもカレーを食べる気分でもなかったから、具合が悪いと答えた。

キスもしたのにな。

キスから先に進まなかったのが悪かったんだろうか。

でも、わたしはAくんと一緒にいられるだけで、幸せで、楽しかった。

全部、全部。もうなくなってしまった。

こんなんで明日学校に行けるのかな。

学校に行ったらAくんがいる。

もう声をかけてこないでって言ったけど、平気な顔できるかな。

なんでこんな心配しなきゃいけないんだと思ったら、また腹が立ってきた。

……こんなんだったらもっといろんな人と恋をすればよかった。

何年も、わたしにはAくんしかいなかったのに。

それからわたしはAくんを学校で避けて過ごした。

季節は過ぎていく。

朝方には寒さを感じるくらいになった。

あの花火は遠くて、もう見えない。

二ヶ月ほど経って、「別れよう」とメールが来たけど、なんでわざわざ改めてそんなこと言われなきゃいけないの……と、悔しかった。

同時に涙が止まらなかった。

まだAくんを好きな自分がいて、はっきり別れを言われたことが悲しかったんだと思う。

わたしの日常が、Aくんのいない穏やかな日々にすっかり変わった頃、驚いたことにB美がわたしを訪ねてきた。

「な、何……？」

警戒心丸出しのわたしに、B美はAくんと別れたと告げた。

「え……なんで？」

彼女がいるとわかってても手に入れたかったんじゃないの？

一体何を考えているのかわからず、わたしが不思議そうな顔をしていると、B美はやれやれみたいな顔で、わざとらしいため息をついた。

「調子に乗ってんのよ、あいつ！」

なんでも、他の女子にも告白を受けたりして……やっぱりAくんはふらふらしていたらしい。

B美はそれにうんざりして別れを告げたのだという。

「ちょっとかっこいいからって」

わたしはそれを聞いて、笑いそうになった。

わたしの中のAくんはお猿さんみたいなイメージだったけど、Aくんだって年頃の男子だ。背が伸びたし、眼鏡をコンタクトにして、髪もセットしたりして変わった。

もう、わたしが見ていた頃のAくんではなくなっていたのだ。

「ね、わたしたち友達になろう！」

B美は持ち前の押しの強さで、わたしと連絡先を交換した。

わたしたちはAくんの愚痴を言い合ったり、普通に遊んだりしているうちに仲良くなった。

恋のライバルではなく、友人としてのB美はカラッとした性格で付き合いやすかった。

それから高校受験の勉強が始まって、Ａくんとの別れの傷も忙しさに紛れていった。
それでも。
今でも。
——小鳥みたいなキスをした日をときどき思い出す。

長い片思いの割に、初恋はあっさりと終わってしまった。
今思えば、ままごとみたいな恋愛だったと思う。
だけど初めてだらけのその恋は、強烈にわたしの中に残っている。
きっとわたしの異性観の根幹みたいなところにＡくんはいるんだろうと思う。
その証拠に、わたしは今でもときどき、Ａくんの夢を見る。
この歳になってもそんな夢を見るなんて自分でも不思議だ。
Ａくんとの思い出は、少女時代の残像みたいに残っている。

下記のＱＲコードから、希島あいりによる文章の読み上げや当時の思い出を語る《音声ファイル❷》を聴くことができます。

好き。大好き。

好きがどんどん降り積もっていくみたいだった

受験を乗り越えて、春が来た。

わたしは高校生になった。

「――ごめんなさい」

わたしの目の前で男子生徒が土下座している。

「そこをなんとか！　付き合ってください！」

「そう言われても……」

無理なものは無理。

気の毒だけど、わたしにその気はないもの。

Aくんと別れてから、わたしは恋に臆病になっていた。

どうせわたしなんて。

どうせ男なんて。

わたしはついそう思ってしまうのだけど、周りは高校に入って恋に遊びにと浮かれているみたいだ。

告白してきた男子生徒に顔を上げてくれと必死にお願いして、わたしは教室に戻った。

昼休みが終わっちゃう。

わたしが急いでパンを食べていると、コン！　と椅子の背を誰かに叩かれた。

「何？」

振り返ると、後ろの席のCくんが、わたしの椅子に手を掛けてにやにやしている。

「情熱的だったなぁ。土下座なんてかわいそうじゃん」

「見てたの？」

趣味が悪い、とわたしはCくんを睨んだ。

「お試しで付き合ったらいいじゃん」

「わたしはそういうのしてないの」

ふうん、と納得したんだかよくわからない反応をして、Cくんは手を引っ込めた。

「じゃあ、俺と付き合ってよ」

「じゃあじゃないの」

また始まった。

わたしはCくんの相手をするのをやめて、前を向いた。

早く昼ご飯を食べないと、午後の授業が始まってしまう。

「つれねぇのな」

Cくんの嘆く声が聞こえる。

だけどそれは軽い調子で、別に傷ついたという風ではない。

というのも、Cくんがわたしに振られるのは、ほぼ毎日のようなものだったから。

高校一年生になって、教室では早くもグループができあがりつつあった。

男女を問わず、派手な子は派手な子と、地味な子は地味な子と、なんとなく塊になっていく。

わたしは髪型や持ち物はそんなに派手じゃなかったたし、話しやすかったから地味なグループの子と話すことが多かったんだけど、どういうわけだか派手な子に話しかけられることが多かった。

「あんたはそっちじゃないっしょ」

比較的服装に厳しい学校だった中で、髪を茶色に染めていた大人びた女子にそう言われて、どういう意味だろうと思いながら、気が付いたらどっちのグループにも顔を出すような感じになっていた。


「付き合ってください」

Cくんから最初の告白をされたのは、その頃だった。

Cくんは派手なグループの中でも目立っていて、いかにもやんちゃな感じの男子だった。ぶっちゃけ、あまりお近づきになりたくない感じだ。

「ごめんなさい」

定型通りに断ったわたしを、Cくんはじっと見た。

「俺ってキモい？」

「……そんなことない、けど」

「じゃあ、俺のこと嫌い？」

「いや……そもそもあんま知らないんで」

――圧が強い。

こんなにぐいぐい来られることは初めてで、わたしは面食らった。

今はそういうことは考えられないとかなんとか言ってあきらめてもらおうとしても、Cくんは全然引かなかった。

「とにかく無理なんで！」

「じゃあ、また明日。明日になったら無理じゃなくなるかもしれないじゃん」

「何言ってんの……？」

ぽかーんとしたわたしを置いて、Cくんは行ってしまった。

そして宣言通り、翌日からCくんはわたしに振られ続けたのだった。

「ねねね、すごいねCくん。めっちゃあんたのこと好きじゃん」

Cくんは声が大きい。

そのうえ告白の場所を選ばないもんだから、わたしたちのことはクラスの噂になっていた。

「C、いいやつだよ」

ストーカー？　って言いたいくらい付きまとってくるCくんに対して、周りはなぜか好意的だった。

もしかしたら本当にいいやつなのかもしれない。

だったらなおのことNGだ。

どうせ……どうせ付き合っても別れるんだもの。


「今日も好きだよー」

「……はい」

今日も朝からふわふわの告白をしてくるCくん。

わたしはその顔をじとっと睨み付けた。

「あれあれ、あれあれ？　ご機嫌斜めな感じ？」

「なんでもない」

「悩みがあったら言ってよ」

「言いません」

悩みそのものに言ってもしょうがないじゃない。

冷たくあしらうものの、Cくんはまったく懲りなかった。

気が付いたら教室の中だけでなく、学校から駅までもCくんと行動するようになっていた。

「しつこい」

「なんだかんだ怒んないじゃん。俺、嫌われている感じしないんだよね」

「何その自信……」

わたしが呆れた声を出すと、Cくんは顔をくしゃくしゃにして笑った。

「俺と付き合ってよ」

「……付き合わない」

「なんでそんなに怖がっているの？」

Cくんに核心を突かれて、わたしは言葉を失った。

「だって……」

動揺がそのまま声に乗る。

小さくて震えた声でわたしは答えた。

「人は変わるよ」

変わってしまう。

どんなに好きって気持ちがあっても、いつか変わる。

それが怖い。

「俺は変わらないよ」

間髪を容れず、Cくんが言った。

「そんなの……」

「変わんないだろ、俺。毎日毎日さ」

それはそうだ。

どんなに拒否しても、Cくんは毎日わたしに告白して、そして振られて。

「……うん」

こうして、わたしとCくんは付き合うことになった。


付き合ってみると、Cくんはとても紳士だった。

それまで押しが強くてぐいぐい来ていたから心配だったんだけど。

付き合ってもうひと月経つけど、何もない。

「C〜！　これ言ってたやつ」

そんなある日。授業が終わると、Cくんの友達が何かを持ってやってきた。

Cくんとは結構仲良しの子だ。

——DVD？

「馬鹿！」

Cくんはそれを差し出されると顔色を変えてひったくった。

「いやね～」

例の茶髪女子が半笑いでそれを見ている。

「あのね、これ俺のおすすめ」

その男子はへらへらしている。

わたしはなんだかわからなくて、首を傾げた。

「あー！　ほらー！　この子はそういうのダメだって！」

茶髪女子に守られるように抱きしめられて、わたしはびっくりした。

「ね、あれ何？」

何をこそこそしてるのか、本当にわからなかったわたしが聞くと、その子は声をひそめて答えた。

「――AV。……うわーっ、ほんとにこの子ダメだって」

それがなんなのか教えてもらったわたしは、赤面してしまった。

「まじごめん。お前も時と場所を考えろよ」

バシッとCくんはその男子の頭を叩いた。

叩かれた頭を大袈裟にさすりながら、彼はにやついた。

「いや〜でも二人もそろそろエッチするっしょ」

そうだよね、という顔を向けられて、わたしはなんて答えたらいいのかわからない。

「うるさいよ、お前は」

わたしが黙っていると、Cくんがそう言って話を切り上げてくれた。


「ごめん」

「へっ……いや謝らなくても」

高校生の男子としては健全なんじゃないかな、よくわかんないけど。

学校からの帰り道、駅までの時間はいつも一瞬に感じられる。

その時間を気まずいままでいたくない。

「……えい」

わたしはCくんの手を握った。

「えっ……えっと」

Cくんが戸惑ったのがわかる。でも、彼はしっかりと手を握り返してきた。

「あ、あのさあ、今度さ」

Cくんは言いながら頬を掻いた。

「電車に乗ってどっかデート行こう」

Cくんと初めてのデートらしいデート。

わたしはCくんの手を握り直した。

「じゃあディズニーがいい」

「え!?」

「明後日、お父さんもお母さんも仕事で遅いの」

Cくんが驚いた顔をしてこっちを見てくる。

わたしからこんなことを言うのは初めてだからかな。

「……よし、行こ。アフター6で入れるし」


全部勢いだった。

Aくんとは行けなかったディズニーランド。

中学生には遠くて仕方なく感じた夢の国——でも、今なら行ける気がする。

約束の日までの二日間が待ち遠しくて仕方がなかった。

「うわぁ〜」

電車を乗り継いで辿り着いた華やかなエントランスに目を奪われる。

もう空は薄《うっす》らと暗くなってきている。

時間はあんまりない。

「いこっ！」

Cくんの手を引っ張って、人混みを縫いながら進む。

わたしが欲しかったのはレザーブレスレット。名前を彫ってもらってお互いに付ける。

「似合うやろ」

「うん、似合う似合う」

うさんくさいCくんのエセ関西弁に笑いそうになる。

「なんか乗ろう」

「何にする？」

「そりゃ、スプラッシュ・マウンテンっしょ」

「だよね！」

覚悟していたけど、かなりの行列。でも退屈なんかしなかった。

Cくんのくだらない話に笑っていたらすぐに順番が来ちゃった。

「俺、落ちる瞬間、超イケメンの顔するから見てて」

「何それ〜」

わたしが緊張した顔をしていたからか、Cくんはそんなことを言ってわたしを笑わせてくれた。

実は絶叫系はあんまり得意じゃないんだよね。

なぜかディズニーに来ると忘れちゃうんだけど。

ともかく、水しぶきを浴びて、わたしたちはスプラッシュ・マウンテンを楽しんだ。

そして落下の瞬間を収めた写真に写っていたCくんの顔は目をひんむいていた。

「何これえ」

「イケメンだろ」

「馬鹿じゃないの」

ああ、可笑《おか》しい。

すっごく楽しい。

それからわたしたちは、ジャングルクルーズ、カリブの海賊、プーさんのハニーハントと、アトラクションに立て続けに乗った。夢の国で二人寄り添って、ライトアップされたイッツ・ア・スモールワールドの時計を見る。

「あっ」

「どうしたのCくん」

急に彼が足を止めた。

「なあ、チュロス食べない？」

「……うん！」

チュロスを買って、かじりながら「美味しいね」と言う。

いつかの約束が、どんどん叶っていく。

「Cくん、ありがとね」

「なんだよ」

「わがまま聞いてくれて」

急にディズニーランドに行こうだなんて、自分でも無茶を言ったと思う。

「いいじゃん、楽しいし」

「わたしも楽しい」

——だけど、楽しい時間はごくわずか。

わたしたちはホーンテッドマンションに並んだ。

並んでいる間、ずっと手を握っていた。

横並びの席に座って、アトラクションが動き始める。

わたしはCくんの肩に頭をもたれかけて、亡霊たちを眺めていた。

中はずっと薄暗い。

おどろおどろしい幽霊たちのコーラスに耳を傾けていると、トントンとCくんがわたしの肩を叩いた。

「……」

無言のまま、Cくんがわたしを見つめている。

わたしは目を瞑った。

Cくんが覆い被さってくる気配がして、唇に柔らかい感触を感じた。

「大好き」

少しだけかすれた声で、Cくんが耳元で囁いた。

「……うん。うん、わたしも」

心臓がトットット……と音を立てる。

周りは暗いし、隣の席はあんまり見えないから今のは誰にも見えてないと思うんだけど、恥ずかしくて、その後わたしはずっと下を向いてた。

その後に乗ったティーカップでも、まともにCくんの顔が見られなかった。

「──楽しかったね」

閉園前にわたしたちはディズニーランドを出た。

そしてびっくりしたのが、出口にクラスの友達が何人かいたことだった。

あのDVDの男子もいる。

「ごめん。どこ回るか相談しちゃった」

「あははは」

だからってこんなところまでついて来なくてもいいのに。

みんな心配してくれたのかな。

わたしは友人たちに向かってピースした。

楽しくて、嬉しくて。

この時間を終わりにしたくない。

そんな気持ちを嚙みしめながら、わたしたちは家に帰った。


その夜はなかなか眠れなかった。

机の引き出しにしまったレザーブレスレットを何度も引っ張り出す。

「わたし本当にディズニーランドに行ったんだぁ……」

そしてキスした。

Cくんは——香水かな、ちょっといい匂いがした。

その感触を思い出し、わたしは枕に顔をこすりつけた。

そんな高揚感に包まれて、わたしは眠りについた。


Cくんとディズニーランドに行ったことで、わたしは何か吹っ切れた気がした。

本当の本当にAくんに別れを告げて、Cくんに真っ直ぐ向き合うことができるようになった。

チャラそうに見えて、わたしを気遣ってくれるCくん。

わたしを大事にしてくれる彼の優しさ。

だからわたしも、ためらいなく彼の手を取れる。

好き。

大好き。

好きがどんどん降り積もっていくみたいだった。

わたしの中のAくんの存在を打ち消してくれたCくん。

そういう意味では今も感謝している。

あんなに大好きで、いつも一緒にいたかったのに。

あの気持ちはどこにいっちゃったんだろう

「あー、テストか……やんなるなぁ」

学校からの帰り道、Ｃくんが大きな声でぼやいた。

「じゃあ勉強会しようよ」

「えっ……そしたら俺んち来る？」

「いいよ」

わたしがあっさり答えると、Ｃくんはガッツポーズをした。

「がんばろーっ」

「がんばるのは勉強だよ!?」

「わかってるって」

本当にわかってるのかな?

Cくんの家はわたしと同じ方面。電車に乗って、席についたときだった。

「え……」

わたしは声を失った。

向かい側の座席に――Aくんがいた。

……なんだろう、めまいみたいに頭がぐるぐるして気持ち悪い。

Cくんがそれに気付いて、わたしの顔を覗き込む。

「どうした」

「ん、なんでもない」

わたしは慌てて首を振った。

嘘だけど。

わたしは目を伏せ気味にして、Cくんと降りる駅までやり過ごした。

「ほんとに大丈夫? 気分悪いなら今度にする?」

「ううん平気。……あ、ちょっと待ってね」

携帯が鳴った。

……Aくんからメール。

「会いたい」

何考えてるの？

Cくんと一緒にいたのが見えてなかったの。どう見ても彼氏と一緒にいたじゃない！

わたしは乱暴に携帯を閉じた。


翌日の放課後。

うっとうしい小雨が降っていた。

携帯の画面が水滴で見えづらくなって、わたしは指で拭った。

「駅出たとこで待ってる」

はぁ、とわたしはため息をついて文字を見つめた。

なんで律儀に来ちゃったんだろう。

「ありがとう」

後ろからそう聞こえて、わたしは慌てて携帯を閉じた。

「あ……どうも」

駅の改札前に、Aくんが立っていた。

昨日、電車でばったり会ったときは、あんまりじっと見ることはできなかったから、一瞬こんな顔だったっけ、と思ってしまった。

「雨降ってるからどっか入ろう」

Aくんがそう言って傘を開こうとしたので、わたしは首を振った。

「いい。話はすぐに済むから」

「……わかった」

そしてわたしたちは駅の端で雨を避けながら向かい合った。

「で、何？」

自分でも、とげとげしいなと思う。

Aくんはそれに少しびっくりした顔をしていたけど、すぐに笑顔に戻った。

「久しぶりに顔が見たくなって」

「それだけ？　じゃあもういいね」

わたしが傘をさそうとすると、Aくんは焦った声を出した。

「待って！　それだけじゃない」

「じゃあ何？」

どちらかというと引っ込み思案なタイプだと自認しているけど、このときばかりは彼を怒鳴りつけたくなった。

「……俺たちもう一度付き合えないかな」

開いた口が塞がらないって、こういうことを言うんだ。

本当にすぐ言葉が出てこなかった。

もう一度？

Aくんと付き合う？

「傷つけたことは謝る。だからもう一度やり直せないかな」

Aくんがまたそう言った瞬間に、わたしはすぐに「無理！」と返した。

裏切ったのはそっちじゃない。

終わりにしたのもそっちじゃない。

なのになんでそんなことが言えるの。

それに——。

「昨日、わたしが彼氏といたの見てたでしょ!?」

「……そうだけどさ」

「とにかく無理！」

何考えてんの。

心の中は怒りで煮えくり返っていた。

「じゃあね！」

わたしは傘をさすと、駅を後にした。

絶対に振り返っちゃダメ。

もうすぐ家に着きそうなのに、わたしはまだ怒ってた。

それは……Aくんに一瞬ぐらっとした自分がいたから。

でもダメ。あいつはクズだもん。

考えごとをしながら歩いたせいで、水たまりに足をつっこんだ。

今日は最悪だ。


結果的に、そのことがあってから、わたしはCくんのことがもっと好きになっていった。

あの日のAくんの情けない姿を見て幻滅して、わたしは本当に吹っ切れたんだと思う。

「Cくん、今日さ……本当にいいの？」

「うん」

その日、わたしはCくんの家に行くことになっていた。

ただ行くだけならこれまでも何回かあった。

今日、わたしが緊張しているのは、Cくんのお母さんがいるからだ。

彼女として紹介してくれるんだっていう嬉しさもあるんだけど、変な子って思われないかな、お母さんに嫌われたりしないかなっていう不安もある。

「大丈夫かな？」

「うちの母さんテキトーだからへーきへーき」

Cくんはそう言うけど、本当？

不安そうなわたしの肩にCくんは腕を回して、大型犬にするみたいに頭を撫でてきた。

「わしゃしゃ、大丈夫！」

「ちょっと髪が乱れるって！」

カチンコチンになりながらCくんの家に向かうと、彼のお母さんは笑顔で出迎えてくれた。

「わぁ、かわいいじゃない」

目元をくしゃくしゃにして笑うところが、Cくんに似ていた。

「お邪魔します」

「うちの子、学校でちゃんとしてる？」

「はい、意外と」

「ははは！　そうよかった」

わたしとCくんのお母さんがそんな話をしていると、Cくんは所在なげに貧乏ゆすりをしていた。

「あのさ、こないだ話した映画のDVD借りてあるから……」

「ああー母さんお邪魔だったわね」

「うるさいよ」

Cくんのお母さんは笑いながらケーキを出してくれた。

「まったく」

恥ずかしがっているCくんがかわいい。

「面白いお母さんだね」

こういう家でCくんはおっきくなったんだなぁとなんだか感慨深くなった。

その後、夕飯までいただいてしまって、わたしとお母さんはすっかり仲良くなった。

「こいつがなんかしたら言ってね」

「はい！」

そんな風にわたしとCくんの関係は順調だった。

下校の電車の際は、Cくんの最寄り駅のほうが学校に近くて先に降りるので、一緒に降りて駅のホームで長いこと喋ったり、もう帰らなきゃとなってホームが別々になっても、お互いの姿が見える限り手を振っていた。

誕生日には、お揃いのネックレスや小さいオルゴールを貰ったな。

Cくんとはまだそういうことになってないけど、いずれそういうときが来るんだろうな。

その頃のわたしは漠然とだけど、そんな風に考えるようになっていた。

結婚……とかするのかな。

Cくんのお母さんとなら上手くやっていけそうな気がする。

夢見がちな妄想は、どこまでも広がっていく。

「進路どうする？」

グループで集まってだべっていたとき、誰かがそう言い出した。

高校二年生になって、クラスで進路調査表が配られたためだ。

まだ「未定」って回答してもいいみたいなんだけど、みんなそれなりに気になっているみたい。

「大学に進学かな」

「俺、専門行くと思う」

へぇ、みんな結構ちゃんと考えてるんだな。

「お前は？」

「へ……えっと、どうしようね」

Cくんに聞かれて、わたしははっきりと答えることができなかった。

進路が決まってなかったわけではない。

自分の中で将来なりたい職業は決まっていた。

ただ、それをクラスメイトの前で言うのはためらわれて、その場では濁してしまっただけだ。

「ねえねえ、Cくん。わたしね」

だから二人きりになった帰り道で、わたしはCくんの袖を引っ張って告げた。

「わたし、モデルになりたいんだ」

「え？」

いきなりそう言ったからか、Cくんはきょとんとした。

「わたしの進路」

Cくんはわたしの顔をじーっと見てきた。

冗談じゃないよ。本気だよ。

昔からおしゃれな服に憧れていたし、お化粧も好き。

「いや、無理っしょ」

だけどCくんは半笑いでそう答えた。

「進路ってそういうんじゃないって」

「……うん」

「まあ、お前はかわいいけどさぁ」

もうわたしはCくんの言葉が頭に入ってこなかった。

そりゃ、就職先って言っていいかわからないけど、わたしはモデルになりたいんだもん。

「応援してくれないんだ」

ぽつりと呟いた言葉はCくんには聞こえなかったみたいで、先を歩いて行ってしまう。

わたしは、Cくんとの距離ができたのを感じた。

「なんなの、無理って！」

家に帰ったわたしは、あのときのCくんの顔を思い出してバッグをベッドに放り投げた。

とっとと着替えよ。

そして鏡の前に立ったわたしは、胸元に手をやった。

誕生日プレゼントのネックレス。

貰ったときはとっても嬉しかった。けど、今は見てるだけで気分が悪くなる。

わたしは乱暴にネックレスをブチッと引っ張って外すと、そのままゴミ箱に放り投げた。


翌日、登校したわたしはCくんに声をかけないで、自分の席に着いた。

「おはよう」

「……うん」

「なんか機嫌悪い？」

Cくんはわたしの顔色を見て、そっと離れていった。

そこからわたしたちはギクシャクし始めて喧嘩も多くなった。

Cくんが一番怒ったのはネックレスを捨てたことだった。

「人の気持ち考えろよ」

「じゃあわたしの気持ちはどうでもいいんだ？」

ひとつの言葉から別の諍《いさか》いが生まれる。

わたしもCくんも、そんな関係に疲れてしまった。

「もう別れよう」

そうCくんから切り出されたとき、ホッとしたのを覚えている。

これでもう喧嘩して、お互い傷つけ合わないで済むって。

「うん」

そう答えながら、わたしは泣いてた。

可笑しいね。

あんなに大好きで、いつも一緒にいたかったのに。

あの気持ちはどこにいっちゃったんだろう。

――こうして、わたしの二度目の恋は終わったんだった。


わたしとCくんが別れた話はあっという間にクラスに知れ渡った。

わたしはCくんやCくんの友達と話すことはなくなり、つるむ友達が変わっていった。

「付き合ってください！」

そしてまた、他の男子から告白されたりもしたんだけど、わたしはそんな気にはなれなかった。

ディズニーや、彼の家に行ったことはまだ、昨日のことのように思い出せる。
そんな状態でまた新しい彼氏を作るなんて考えられない。

一方で、Cくんはすぐに新しい彼女を作ったみたいだった。
そういえばCくんに言ったっけ。
人は変わるよ、って。
変わったのはわたしのほうだったんだろうか、それともCくんだったのだろうか。

振り返ってみると、わたしもCくんに寄っかかりすぎていたなと思う。
なんでも理解してもらえると期待してたんだよね。
Cくんは見た目こそチャラチャラしてたけど、わたしの嫌がることはしなかった。
あまりエッチなことに興味がないわたしの歩調に合わせてくれていた。
きっといいやつだったんだろうなと思う。

そういえば別れた後、Cくんを無意識に探していたのか、Cくんが降りてた駅にわざわざ降りちゃうこともあった。そんなときに一回だけ、Cくんとばったり会ってしまったんだけど……憔悴しきった顔をして言われた。

「あのさ……ちょっと金貸してくれない」

お金、困ってるのか。

わたしと別れたCくんはその後、他校の女子と付き合い出したらしい。

確か……ある日、彼女が妊娠したという噂を聞いた。

彼女のことでお金が必要なのかな。

わたしがすぐに答えられないでいると、Cくんは首を振った。

「ごめん、忘れて」

そしてそのまま、改札の方に消えていった。


Cくんとはその後一度も会ってないから、今どうしているのかもわからない。

プレゼントされた小さいオルゴールから流れてた「星に願いを」を聴くと、今でも思い出して切なくなる。


下記のQRコードから、希島あいりによる文章の読み上げや当時の思い出を語る《音声ファイル❸》を聴くことができます。

夢見る系男子とリアルとわたし

Cくんとの別れは確かにショックではあったんだけど、Aくんのときほど引きずらなかったように思う。

その証拠に、高校二年の冬、わたしには新しく彼氏ができていた。

Dくんは、前からわたしのことを好きだって言ってくれていた人。

ちょっとロマンチストな面があって、今どきラブレターをくれたりした。

みんなが自分の携帯を持っていて、すぐに連絡が取れるのに。

そういうところがいい人だな、と思ってわたしはOKを出した。

わたし自身はギャルというわけではなかった。

なんだけど、わたしはどうもそっち方面に好かれるみたいで、Dくんもやっぱりちょっとやんちゃなグループにいる男子だった。

顔は俳優の小栗旬に似ていた……けど体型はぽっちゃりしていた。

「アンニンドウフ食べる？　俺おごるよ」

「え、食べる食べる！」

Dくんとは家が遠かったから、さらにデートの時間は貴重。

学校の最寄り駅の近くにあるバーミヤンが、Dくんのお気に入りだった。

「好きだよね、ここ」

「う、うん」

Dくんはごま付きだんごを食べながら、耳元でこそこそと囁いた。

「中華好きだし、デザートも食べられるから最高なんだよね」

だから太るんだよ〜って思ったけど、口には出さなかった。

「男ひとりで来られないから嬉しい」

わたしの考えていることなんか知らないDくんはニコニコしていた。

まあ……Dくんが太ってたってわたしは嫌いになれないんだけど。

というか、出会ったときからふっくらしていたわけだし。

「ねぇ、あんこ付いてるよ」

「ほんと？　どこどこ」

Dくんは反対方向の頬を拭っている。

わたしは逆だよと笑いながら、バッグから鏡を出してあげた。

「Dくん、あのさ」

店を出て、駅に向かう前にわたしはDくんの横に立ってぴったり体を寄せた。

「手、繋ごうよ」

「えっ!?」

Dくんが驚いた声を出す。

「嫌ならいいよ」

「いっ、嫌じゃないです！」

Dくんは慌てて手を制服のズボンに擦り付けて、手を差し出した。

「はい！」

すごい勢いと思いながら、わたしはDくんの手を握り返した。

Dくんの告白にいいよと返事をしてから半年。

わたしたちはようやく手を繋いだ。

相変わらずそういうことに疎いわたし。

Dくんもちょっと奥手なところがあったのかな。

女の子とそういうことをするのが初めてみたいで……。

そんなわけでわたしたちの仲はゆっくりペースだった。


一方で、Cくんと別れるきっかけになったモデルの件なのだけれども、これといって具体的に何か行動に移すといったことはできていなかった。

むしろ自分でも夢みたいなことを言ってないで堅実にいこうよなんて思ったり。

高校三年生になったわたしたちには、将来というものが現実的になってきていた。

「この間の中間テスト返すぞ」

げーっとみんなが騒ぎ出す。

そんなクラスメイトの声は無視して、中間テストの結果が返された。

「うう〜ん」

いまいちな結果だ。

「どうだった」

「あんまり」

ちょっとこの結果を親に報告するには勇気がいる。

わたしがしぶい顔をしてると、Dくんが「そんなにやばいの？」と覗き込んできた。

「なんだ、俺よりいいじゃん」

「嘘」

嘘じゃないよと言ってきたDくんの解答用紙を見ると……確かに、赤点ギリギリだった。

でも二人してこれはまずいんじゃないの？

「Dくん、一緒に勉強しよう」

「え？」

最初は嫌がっていたDくんだったけど、放課後に学校の図書室でやろうと言ったら、しぶしぶいいよと言ってくれた。


放課後の図書室は静かだった。

みんな本気で勉強している人たちばかりだ。わたしたちがいるのがなんか場違いな感じで気後れしちゃうけど、Dくんは特に気にしていない様子。

「終わったらまたバーミヤン行こうよ」

周りの視線が痛い。せめて小声で喋って。

「勉強に来たんでしょ」

「そうでした。先生お願いします」

図書室の長テーブルに教科書を置いて、Dくんはわたしに向かって頭を下げた。

そうは言ってもわたしだって成績やばいから勉強しに来てるんだけどな。

わたしたちはDくんの点数が一番低かった数学から始めた。

「これはこの数式じゃない？」

「あ、そうか」

一緒に勉強してみると、Dくんは意外と呑み込みがよかった。

「もしかしてDくんあんまり勉強してないでしょ」

元々頭は悪くないのに、勉強してないから成績が悪い。

Dくんは誤魔化《ごまか》すように笑っているけれども、きっと当たりだ。

「大学進学するんじゃなかったっけ」

「うん……そう」

えへへ、とばつが悪そうにDくんは笑っている。

「真面目にやろ」

わたしたちは、放課後に集まって勉強を続けた。

すると、Dくんの成績はわたしよりよくなってしまった。


「見てよ。君のおかげだよ」

一学期の期末テストが終わると、数学の解答用紙を手に、Dくんは嬉しそうな顔をして
わたしの席に駆け寄ってきた。

「Dくんがちゃんと勉強したからでしょ」

褒められたとDくんはニコニコしている。

大型犬みたいでかわいいんだけど……それよりもわたしは気になることがある。

「Dくんさ、もしかして痩せてない？」

「……うん、ダイエットしてる」

やっぱり。顔が一回りシュッとしていると思ったんだ。

元々顔立ちは悪くなかったので、すっかりかっこよくなってしまった。

成績UPして、ダイエットして。

それってもしかしてわたしのためなのかなって。

そう思うと嬉しくなる……でも少し心配。

前はDくんに見向きもしなかったクラスの女子がチラチラ見ている気がする。

――Aくんのことを思い出す。

中学に入って垢抜けたAくんは、ふらふらして結局わたしと別れてしまった。

Dくんも同じように、他の子がかわいいからとか言い出さないよね……？


憂鬱なテストも終わったので、その週の土曜日の午後、Dくんと映画館に行った。

「はい、飲み物買ってきたよ」

「あ、うん」

「どうしたの、ぼーっとして」

わたしはDくんの心変わりが心配で、デート中なのに上の空だったみたい。

もしかして浮気とかしますか、なんて聞けないから、わたしは話を逸らした。

「ごめんね、わたしの趣味に付き合わせちゃって」

二人でこれから観る映画は『ドラえもん』。

「え、俺も観てみたかったし。始まるよ。そろそろ行こう」

わたしがいろいろ考えすぎなのかな。

席に着いて、隣のDくんの様子をうかがうと、特に何も考えてなさそうだった。

そうして映画が始まったのだけど……。

結果から言うと、すごくよかった！

「ドラえもん」はどの映画を観ても感動する。ハズレがないね。

ラストシーンはうるっときちゃって、鼻をすする音が迷惑だったかも。

そう思ってDくんを見ると、彼は目を真っ赤にして大泣きしていた。

「あっ、あっ……ごめん、ティッシュ持ってる？」

「あるよ」

わたしがティッシュを手渡してあげると、Dくんは鼻水と涙をぐいぐい拭った。

「いや〜、よかったなあ」

「こういうの好きなんだ」

「いやいや、自分じゃ観ないって。誘ってくれてありがとな」

逆にお礼を言われてしまった。

そっか、ラブレターを書くくらいロマンチストだもんね。

それにしても……確かに泣けるシーンだったけど、あんなに泣くなんて。

「どうしたの、映画あんまり面白くなかった？」

「ううん。楽しかったよ。なんかさ、わたしDくんのこと好きだなぁって思って」

なんかもういいや。

Dくん絶対いいやつだもん。

そう思ってわたしが直球で答えると、Dくんは急に黙ってしまった。

「……ちょっと歩こうか」

そう言ってDくんはわたしの手を引いて歩き出す。

映画館が入っているショッピングモールを出て、辿り着いたのは近くの公園だった。

土曜日の午後三時、芝生広場では家族連れが寛《くつろ》いでいる。

「こっち」

Dくんは人気のないほうにどんどん進んで行く。

そして木の茂みの前まで来ると、わたしの手を離した。

「あのさ……すごくキスしたくなった」

Dくんはその後「いいかな」と続けたけれど、その声はすごく掠れていて小さかった。

わたしは答える代わりに目を閉じた。

Dくんの両手が肩を摑んで、戸惑うように腕を伝って、わたしの両手をぎゅっと握る。

そして二人の唇がそっと触れた。

一回、離れた後、確かめるようにもう一回キスされた。

――付き合って結構経つのに、ようやくキスしたね。

結局、Dくんの浮気の心配はわたしの杞憂に過ぎなかった。

Dくんと付き合っていた高校三年生頃になると、わたしも受け身ばっかりじゃなくて自分のしたいこと、して欲しいことが言えるようになったなと思う。

我慢ばっかりしてもダメだし、自分勝手に振り回してもダメ。

そんな対等に付き合える相手が、Dくんだったな。

わたしは今日、初めてのセックスをする

シューッ、シューッ。

制汗剤スプレーで更衣室が霞んでる。

「疲れたっ」

今日の体育はマラソンだった。汗だくだし、筋肉痛確定。

次の授業の時間を気にしながら体操着から制服に着替えていると、横にいる子がふと目につけた。

「ねぇ、虫さされてるよ。薬貸そうか」

「え？」

わたしがその子をつつくと、彼女は一瞬ぽかんとして手鏡を出して確かめた。

「うーわ、最悪」

わたしは意味がわからなくて首を傾げると、その子はトントンと胸元を指さした。

「彼氏にキスマ付けられた」

それがなんなのかわかった瞬間、自分の勘違いが恥ずかしくなる。

「あー……そっか……」

「見えるとこじゃないからセーフだけどさぁ」

その口調に、ほんの少し誇らしげなニュアンスが滲んでいる。

ってことはこの子はもうシちゃったんだ。

その子だけじゃない。

「おっぱい揉まれると大きくなるよ」

とか、クラスの女子たちからそういう話を聞くことが多くなった。

その頃には、わたしの中で、ちょっと焦りみたいなものが生まれていた。

わたしだけ、まだ……。

Dくんのことは好きだし、シてもいいと思っている。

だけど自分からは言い出しにくいなって思っているうちに、高校三年の二学期が終わってしまった。

冬休みは、Dくんは受験勉強真っ盛りでなかなか会えない。

わたしはどうしていたかというと、モデルになるよりも手に職をつけるべきだろうと思い、その頃にはもう美容専門学校の推薦が決まっていた。

せめてDくんの邪魔にならないようにと連絡も控えめにしていた。

がんばれって応援しているから。


二月になってようやくDくんの受験が終わった。

「おめでとう」

「やったぜ！」

Dくんは無事、第一志望の大学に受かった。

「やっと勉強から解放された」

「これでやっと遊べるね」

わたしとDくんは数ヶ月ぶりにちゃんとしたデートができるようになった。

この日はバレンタインデー。

Dくんの家の最寄り駅に新しくできたカフェに来ている。

「Dくん、プレゼントがあります」

わたしは小さな手提げの紙袋をDくんに渡した。

合格おめでとう！　大好きだよ。

「わ……何コレ手作り？」

「うん、ガトーショコラ」

Dくんは、うわ、これ絶対美味いやつじゃんとか言いながら包みを開いた。

「ありがとう」

「どういたしまして」

よかった、喜んでもらえたみたいで。


その後、わたしはDくんの家に初めて行った。

大きい一軒家でDくんの部屋は二階にあった。

今まで何回か誘われてはいたけど、奥手のわたしはどうしても勇気が出ないでいた。

でも今日、彼の両親は、留守。夜まで帰らないらしい。

これ以上ないくらい絶好のチャンス。ということは……とうとうわたしは……。

やばい急にドキドキしてきた。

「あのさ」

「はいっ！」

Dくんに声をかけられて、無駄に大きな声で答えてしまった。

「コンビニで飲み物買ってくるから、待っててくれる？」

「うん……」

飲み物ならさっき来るとき買えばよくない？

と考えて、もしかしてDくんはアレを買いに行ったのではと気付いてしまう。

ああ、意識し始めたら落ち着かない。

わたしはしげしげと、Dくんが出て行った部屋を眺める。

とても綺麗に整頓されている。

早く帰ってきてよ、Dくん。

不安だし、緊張するし、頭がどうにかなりそうだよ。

「お待たせ」

わたしがひとりでやきもきしていると、ようやくDくんが帰ってきた。

「はい、これ」

Dくんからジャスミン茶のペットボトルを受け取る。

「ありがとう」

夏でもないのに喉がカラカラ。

わたしはすぐに蓋を開けて飲んだ。

「それでさ」

横に座ったDくんが、そう言いながら肩に手を回してきた。

少しびくっとしてしまったかもしれない。

「今日さ、バレンタインだし、俺勉強がんばったし」

「うん」

「チョコ以外にもう一個貰ってもいいかな」

うん。

もうわたしの覚悟は決まってるよ。


——わたしは今日、Dくんと初めてのセックスをする。


わたしがこくんと頷くと、Dくんの顔が近づいてきた。

久しぶりのキス。

くっつき合った唇同士で、互いを甘噛みするようにして感触を味わう。

やがてDくんの舌が、割り開くようにしてわたしの口に入ってきた。

温かくてぬめぬめした彼の舌。

応えるようにわたしは舌を伸ばしてそれに触れる。

今までにない、濃くて大人なキスだった。

Dくんはキスを続けながら、わたしの胸に遠慮がちに触れた。

セーターの裾から入ってくる指のひやっとした感触を覚えて、わたしはDくんの耳元で囁いた。

「電気……消して」

わたしたちは薄暗い部屋でもそそと服を脱いだ。

もしや電気を消すタイミングが早すぎたのではとも思うが、確かめる術なんてない。

こういうとき、他の人はどうしているんだろう。

裸になったわたしたちはベッドの上で向かい合った。

「えっと」

Dくんの手が、わたしをベッドにたどたどしく押し倒した。

背中に直にシーツの感触がする。

彼の手が、わたしのあんまりおっきくない胸を揉んでいる。

自分の身に大変なことが起こっているのに、頭はどこか冷静だった。

(わたしも何かしたほうがいいのかな)

そんなことを考えている間に、Dくんがわたしの膝を摑んで足を開いた。

カエルみたいな格好になって、頭がパニックになっていると、その間にDくんが覆い被さってくる。

内ももに、Dくんの勃起したモノが触れた。

こんなになるんだ、と少々びっくりする。

Dくんは暗がりでコンビニ袋の中からコンドームを取り出すと、慎重な手つきでそれを着けた。

そして次の瞬間、Dくんは自身に手を添えて、わたしに入ってこようとした。

そのときはそんなものかと思ったのだけど、今だったらわかる。

前戯も何もなしで、それも処女のアソコにまともに入るわけがない。

(痛い痛い――)

性急に、Dくんはわたしの体を押し開こうとする。

でも潤ってもないわたしの中は受け入れようとしなかった。

Dくんが焦っているのが肌でわかる。

とにかく痛い。

痛くて、本当に入っているのかどうなのかもよくわからなかった。

Dくんには申し訳ないけれど、早く終われって思ってしまう。でも、本当は思う前に終わってしまったような。

だからDくんが体を起こしてわたしから離れたとき、ホッとしてしまった。

「ありがと」

だけど、Dくんがわたしの頭を撫でながら、そう言ってくれたのは嬉しかった。

処女と童貞のぎこちないセックスは、前戯もなくお互い焦りまくっただけの気持ちいいとかそういうこと以前のもので、わたしは苦手意識を感じてしまったのだった。


わたしとDくんは高校を卒業して、専門学校生と大学生になった。

美容専門なだけあって同級生はやっぱり華やかな人が多い。

勉強は楽しかった。

もちろんDくんとの交際も続いていた。

散々な初体験だったけれど、回数を重ねるごとに痛くて入らない、なんてことはなくなっていった。

最初がこんな感じでよい印象を持たなかったから、わたしから積極的にエッチに誘うようなことはしなかった。

わたしがセックスってどういうものか思い知るのは、ＡＶ女優になってからだった。

さようなら。
ロマンチストで、涙もろくて、がんばりやで、
ちょっと甘ったれだった、わたしを初めて抱いた人

ププーッと後ろでクラクションが鳴り、わたしは振り向いた。

紺色の軽自動車。

運転席にはDくんが乗ってる。

「わあ、どうしたの」

「入学祝い」

すごいな。

大学生って感じだなと思った。

「ねえ、どこ行くの」

「そうだなあ、このまま真っ直ぐ行ったら神奈川方面かな」

「わたし温泉行きたい！」

オッケーと、Dくんはスピードを上げた。

こんなデート、高校生じゃできなかったな。

「今日はありがとね」

帰りは家の近所の公園のあたりまで、Dくんは送ってくれた。

「ん……」

人通りのほとんどない、公園の端に停めた車の中で、Dくんにキスをされた。

キスだけじゃなくて、耳を噛まれたり胸を揉まれたりもしたけど、あたりはもう暗くて誰もいないのをいいことに、わたしはされるがままになっていた。

Dくんは大胆さを増して、わたしのスカートの裾をたくし上げる。

わたしよりも太い指が、パンツをずらして中に入ってくる。

大事なところを確かめるようになぞられて、少しわたしは体勢を変えて、彼を迎え入れられるようにする。

ぷつりと指が入ってきた。

「あ……」

何度か出たり入ったりを繰り返し、二本の指が入り口を広げる。

「……いい？」

「ん……」

そうしてDくんが自分のズボンに手をかけたときだった。

「ワンワンワンワン！」

「わっ」

いきなりすぐ横で犬の鳴き声がしてわたしたちは固まった。

まずい、散歩の人がいたみたい。

わたしたちは車の中でしばらくじっと息を殺して、人の気配がなくなるのを待った。

「やっぱ！」

「Dくん！」

そろそろ大丈夫かなと顔を上げたDくんは笑い出し、つられてわたしも笑った。

若くて、セックスを覚えたてのわたしたちは無謀で馬鹿だった。

専門学校に通いながら、わたしはバイトを始めた。

美容院のバイトだ。

雑用ばっかりだったけれど、初めての仕事は学ぶことがたくさんあった。

時給は高くないけど自由にできるお金も増えたし、お金が貯まったら何かDくんにプレゼントを買おう。

何がいいかな。

「それならカフスとか買えばいいんじゃない？」

バイト先の先輩に聞いたら、そうアドバイスを貰えた。

そうか、成人式もあるし、いいかもしれない。

バイト帰りにメンズのお店を覗いて、どれがいいかなと悩む。

そんな時間が楽しくてしょうがなかった。


あっという間にそんなときは過ぎて、わたしは専門学校を卒業した。

就職先は、バイトをしていた美容院だった。

お手伝いのバイトさんから美容師になる。

そう考えると、自然と身が引き締まった。

「よーし、歓迎会やるぞー」

店長の号令で、さっそくわたしたち新入社員の歓迎会が開かれることになった。

念のためDくんにもそのことを伝えようとメッセージを送っておいた。

そのままバタバタと仕事をしていたから、返信に気付いたのは終業後だった。

「そんなの行かなくていいよ」

Dくんの返信はこうだった。

いやいや、それはまずいって。

「他の人も行くし、そういうわけにはいかないよ」

そう返して歓迎会の開かれる居酒屋に向かった。

「ご迷惑をおかけするかと思いますが、ご指導ご鞭撻《べんたつ》のほどお願いいたします」

堅苦しい挨拶をしながら頭を下げ、先輩方の間を回って挨拶したり、お酒を注いだりする。

あーあ、これが社会人ってやつだ。

美容師は体育会系なところがあるけど、普通の会社だってこういうのはあるだろうから馴れなくちゃね。

それなりにお酒を飲んで解散となった。

お酒で赤くなった頬に夜風が当たって気持ちいい。

「あ……そうだ」

わたしは携帯をほったらかしだったことを思い出した。

画面を見ると通知が来ている。

それは全部Dくんからだった。

「何してんの」

「おーい」

「心配」

そんなメッセージで埋め尽くされている。

わたしは、はぁ~とため息をついた。

返信するのが億劫だけど、放置しておくのもまずい。

「今、歓迎会終わった。これから帰る」

そう返信すると、すぐにメッセージが来た。

「行かなくていいって言ったじゃん」

「仕事だから」

そう説明してもDくんはあんまりピンときてないようだった。

まだ大学生の彼にはこの感覚が伝わらない。

その後も通知が来ていたが、わたしは返信するのをあきらめてしまった。

好きな人と好きな時間に付き合っていられるなんて、学生時代だけなのに。Dくんもきっと社会人になれば、こういうことがあるっていうのはわかってくれると思う。

ちょっとずつ、生まれたズレが大きくなっていくような気がする。

気になりながらも、そうかまってもいられない。

美容師の仕事は忙しいし立ち仕事だし、毎日くたくたになってしまう。

一日に何人もシャンプーして、夜はカットやパーマの練習をして、六日間がんばってようやく休み。

その休みも土日じゃないからDくんと会う時間は激減していた。

「何その服」

なのに、その休みのデートで開口一番に彼からこう言われたらげんなりしてしまう。

「この間買ったばっかなんですけど」

「足、出すぎてない？」

どうやらDくんはわたしの穿いているショーパンが気に入らないらしい。

「そんな格好で仕事してんの？」

「まあ」

あからさまにDくんの機嫌が悪くなる。

「……わかった。こういうのはもう着ない」

結局そう約束させられてしまった。

もちろん不満だけど、せっかく会えた日を台無しにしたくなかった。

そんな不満は、また日々の忙しさに紛れていく。

だけど、一滴一滴、確実に溜まっていく。

――なんか、疲れたな。

気付けばそれは大きく膨れ上がって、見ない振りができないくらいになっていた。

仕事は少しずつ任せてもらえることが増えた。

でもまだまだたくさんミスをする。

お客様からのありがとうに救われたりもするけど、新人の悩みは多い。

そんなわたしの様子を見て、先輩が声をかけてくれたりする。

それでちょっとご飯でもってなっても、そこにDくんは文句を言う。

「本当にそういうのいる?」

「変なやつなんじゃないの?」

いくらDくんに愚痴を聞いてもらっても、職場の人からのアドバイスにはかなわない。

変な人かどうかは、一緒に働いているわたしのほうがずっと知ってる。

そんなの君にどうこう言われたくないよってことばかりだ。

Dくんってこんなに束縛が強い人だったっけ。

なんでわたしの人生なのに自由がなくなっちゃうの？

Dくんの言う通りにしてたら、仕事もできないし、わたしはひとりぼっちになってしまう。


——もう嫌だ。

限界になったわたしは次のデートでDくんに別れて欲しいと伝えた。

自分から言い出したのに悲しかった。

彼はハンドルを握ったまま俯いていて。

Dくんの小さな愛車は、わたしたちを閉じ込める鳥かごみたいに思えた。

Dくんがそのときどんな顔をしていたのかはよくわからない。

言うことは伝えたので、いつまでも車に乗っているわけにはいかない。

助手席のドアを開けて外に出る。

そこから一回もわたしは振り返らなかった。

彼もこのまま関係を続けるのは無理だって感じ取っていたんだろう。

あんなに束縛してきた割には、あっさりとわたしたちは別れた。

——さようなら。

ロマンチストで、涙もろくて、がんばりやで、ちょっと甘ったれだった、わたしを初めて抱いた人。


Dくんとはそれっきりになってしまったので、今はどうしているかわからない。

とてもいい人だったと思うし、わたしが一足先に大人になってしまわなければ、もう少し長く付き合えたかな。

いや、どうだろう。

やっぱり無理だったかもしれない。

お互いの生活が変わったって、続くカップルはいくらでもいるもの。

そういう意味ではわたしたちの繋がりはそこまで強くなかったってことだろうか。

とにかく、彼の束縛が窮屈で理不尽だって気付きながら、あの関係を続けることはできなかった。

あのときは少なくとも、悩むことが多くてとても余裕がなかったから。
ただ、あの後に誰かいい人を見つけて、幸せであって欲しいと思う。
わたしも彼もきっとお互いを忘れ去ってしまうことはないだろうから。

下記のQRコードから、希島あいりによる文章の読み上げや当時の思い出を語る《音声ファイル❹》を聴くことができます。

わたしの人生だもん。
自分を変えられるのは自分しかいない

なんだかんだDくんとは、高校から就職した時期までと長く付き合っていたので、お別れした後は心にぽっかり穴が開いたみたいになった。

わたしはその隙間風を塞ぐように仕事を入れていた。

誰よりも早く来て雑務をこなし、遅くまで残って練習をする。

そうして心底くたくたになって、何も考えられないようになった休日はただひたすら寝て過ごす。

まだ二十歳そこそこなのに枯れた生活だった。

もう仕事だけあればいいや、そう思っていた。

このまま順調に美容師のキャリアを積んで、自分でお店を持ったりして。

だけど、そんな思考の端に、最近チラチラと浮かぶものがあった。


――やっぱりモデルになりたい。


「無理無理！」

わたしはごろごろしていたベッドから飛び起きた。

何考えてるんだろう。

モデルじゃなくて堅実に美容師になろうって、学校も出てようやく一人前になろうとしているのに。

ああ、やだやだ。

なんでこんなことばっか考えているんだろう。

男なんてもううんざりって思っているわたしだったけれども、代わりに仕事が生きがいになったかというと、そのあたりは微妙だった。

悩めるわたしに、さらに問題が降りかかった。

「なんで持ち場を離れたの？」

トゲトゲした職場の先輩の声がわたしに飛ぶ。

「えっと……食事で……」

わたしは正直に理由を話したが、彼女はそれでは納得できないようだった。

腕を組んで、わたしの前に立ち塞がりながら問い詰めてくる。

「なんで行っていいと思ったの？」

なんでと言われても、それはお客さんが途切れたからだ。

美容師はお客さんがいない隙にささっと昼食を取る。

さっきはお客さんもいなかったし、チャンスだと思っておにぎりを食べていたのだ。

もちろんフロアは無人ではなかったし、飛び込みのお客さんもいなかった。

こっちに落ち度はないはずだ。

ないはずなんだけど……。

「すみません」

まったく納得はいかないが、ここは謝るしかない。

このまま長々と引き留められては仕事ができない。

「次から気をつけてよ」

嘲《あざけ》るような笑みを浮かべ、先輩は去って行った。

むかむかするけれど、何かにぶつけるわけにもいかない。

だってここは仕事場だもん。

困ったことに、わたしは少し前からこの先輩に目をつけられていた。

何か特別、彼女に対してやらかした覚えはなかった。

だが、とにかくわたしのことが気に入らないらしくて、さっきみたいな言いがかりじみた小言を言ってくるようになったのだ。

それはわたしがまだまだ半人前だからだろうか、なんてはじめは考えていたのだけれど……。

先輩のそれは止むどころかエスカレートしていった。

とにかく休憩が取れない。

わたしが少しでも持ち場を離れようとすると、彼女はすかさず嫌味を言いにやってきた。

これでは食事どころかトイレに行くことすらままならない状態だ。

食事が取れないだけのほうが、まだましだったかもしれない。

長い時間トイレを我慢したことで、わたしは膀胱炎になってしまった。

それにストレスで、体中に赤いポツポツができた。

目立つそれに、わたしはショックを受けた。

仮にも美容師。美容を売りにしているのに。

これにはさすがに両親も気付いたみたいだった。

「辛かったら辞めてもいいんだぞ」

普段そんなことは言わない父がそう言ってきて、わたしはそんなボロボロに見えるんだって思った……だけど。

わたしはこんなことで辞めるのは嫌だった。

そうしたらあの先輩の思い通りじゃない。

辞めたらあの勝ち誇った顔で、わたしの忍耐が足りないとか、仕事に手を抜いていたとか吹聴するんだろう。

そんなの絶対に嫌。

そのときのわたしを支えていたのは、もはやただの意地だった。

職場のみんなはあの先輩が怖くて、誰ひとり守ってくれない。

わたしは圧倒的にひとりぼっちだった。

そんななかで……わたしのなけなしのプライドがへし折られる事件が起きた。

ある日、担当になったお客さんが、わたしに髪の悩みを話してくれた。

「髪がパサパサするのが気になるんだよね」

「それじゃあシャンプーから変えてみたらどうですか？」

わたしはお客様に美容院のシャンプーを勧めた。

こういうヘアケア商品やワックスなどの整髪料は店舗販売といって個人の給料に反映される。

当然、これもわたしの点数になるはずなのだが……しれっと例の先輩のものになっていたのだ。

これはおかしい。

いつもの小言の類いなら、まだ職場の先輩としての注意の範疇《はんちゅう》とも言えなくはなかったかもしれない。

でもこれじゃ泥棒だ。

さすがのわたしも、店長に文句を言った。

「店長、わたしの店販が勝手に先輩のものになってるんですけど、ちゃんとして欲しいです」

店長から彼女に注意して欲しい。

ついでに彼女の嫌がらせも止めて欲しい。
そう思っていたのに、店長はこう答えた。
「我慢してよ……わかるでしょ」
それを聞いてわたしは目の前が真っ暗になった。
そうか、この人は味方じゃないんだ。
わたしは従業員なのに守ってくれないんだって。
わたし、なんのために生きてるんだろう……。
心も、体も、もうズタボロだった。
辞めてしまう？
でも——辞めてどうする？
ぐるぐると思考が止まらなくなる。
答えが出ないまま日々が過ぎていった。
そしてストレスに比例して、体の調子もどんどん悪くなっていった。
今思うと、だいぶ精神がやられていたと思う。
そんなわたしが、これで変われるかも！　って思ったのは本屋に行ったときだった。

本屋で「誰もが自由になる権利がある」みたいなタイトルの本を見かけた。

それで、ああそうだなって思って、変わりたいって、自由になりたいって思ったの。

多分怪しい自己啓発本の類いだと思うんだけど、そのときのわたしにはめちゃめちゃ心に刺さった。

「そうだよ、やりたいことやらなきゃ。わたしの人生だもん。自分を変えられるのは自分しかいない」

そう思い立って、わたしは行動に移した。

それまでモデルになりたいと思いながら、具体的な行動には移せていなかった。

でも、動かなきゃ何も変わらない！　と渋谷にモデルの面接を受けに行ったのだ。

美容師の仕事で嫌がらせにあって、じゃあどうするって思ったときに、真っ先に頭に浮かんだのがモデルのことだった。

――昔からのわたしの憧れの職業。

どうせ美容院《ここ》がダメならチャレンジしてみようと思ったの。

極端かもしれない。

だけど、わたしはそれくらい追い詰められていたんだと思う。

面接の日がやってきた。

ドキドキしながら歩く渋谷の街は、誰も彼もおしゃれに見える。

スクランブル交差点のクラクションは天使のラッパのよう。

なんだか足下《あしもと》がふわふわして落ち着かない。

——そのときだった。

「ねぇねぇお姉さん」

と呼び止められた。

振り向くとスーツを着た男性がいる。

……ナンパ？

「モデルの仕事とかって興味ないっすか」

「……」

スカウトだった。

わたしはその男性を、頭のてっぺんからつま先まで見る。

にこにこ微笑んでいるけれど、明るい髪がスーツに浮いて、軽薄そうに見えた。

「その……急いでるんで」

これからまさに、そのモデルになるために面接に行くのだ。

だから断ったのだけど、そのスカウトマンは何か話しながらずっとついて来る。

とうとう事務所のあるビルまで辿り着いてしまった。

「ごめんなさい。わたしモデルの面接があるんです」

ビルの中までついて来られても困るので、わたしはスカウトマンに正直に伝えた。

「そうなんだ。じゃあ待ってるよ」

けろっとした顔で何言ってるの？

「待ってなくていいんで」

そう言ったのに、スカウトマンは「大丈夫、大丈夫」と繰り返した。

そうじゃなくて帰って欲しいんだけど。

「ほら、早くしないと遅れちゃうよ」

スカウトマンはのらりくらりしながら、わたしを促した。

本当に待っているつもりなのかな……。

スカウトマンは「がんばってねー」なんて言いながら手を振っている。

わたしは拍子抜けしながらエレベーターに乗って事務所に向かった。

(なんかほんと普通の会社みたい……)

受付に自分の名前を伝えると、会議室みたいなところに通された。

わたしはどんどん心拍が速くなっていくのを感じながら、キョロキョロと落ち着きなくあたりを見渡していた。

「お待たせしました」

会議室に入ってきたのは、白いTシャツにベージュのジャケットを着た、爽やかな男性だった。

「応募書類を拝見しました。いくつか質問させてもらいますね」

わたしの好きな物とか少々の質疑応答をした。

「何か特技はありますか？」

そう言われても何も思い浮かばない。

ダンスもできない、ピアノもできない。

「ない？」

「いや……情熱は溢れています！」

結局そんな風に言って誤魔化した。

「ありがとうございました。では最後にこちらを説明させていただきます」

「はあ」

男性は一枚の紙を出してきた。

その紙には、事務所への登録料、レッスン料がかかると記されていた。

合計で三十万円くらいだろうか。

「そうですか……」

モデルになるのってお金かかるんだ。

そんなお金ないし。

「ありがとうございました」

保留ということで話を切り上げて、わたしはモデル事務所を後にした。

なんかがっかりだな……。

「お姉さん、面接終わった？」

「あれ、まだ待ってたんですか」

ビルから出ると、さっきのスカウトマンが植え込みのブロックに腰掛けていた。

「どう？　上々だった？」

わたしは黙って首を振った。

「あらら、君なら登録くらいはできるっしょ」

「でもお金なくって」

わたしがそう言うと、スカウトマンは「あーね」とか「そーね」とか繰り返して、わたしに向かって指を立てた。

「俺が紹介する事務所はそういうの一切ありませんよ」

「え……」

「登録料もレッスン料もゼロ。どう？　興味出た？」

「……」

わたしは少し迷ったけど、彼の話を聞いてみることにした。

このままじゃ、わたし何も変わらないし。

とにかく一歩進みたかったのだ。


そうして、そのスカウトマンから紹介された事務所にモデルとして登録した。

事務所には綺麗な女の人のポスターが貼ってあって、わたしはすごいなぁ、こんな風になりたいなって素直に思った。

実はその人は有名なＡＶ女優さんだったんだけど、当時の自分は全然知らなかったの。

事務所もＡＶが本業だって後で知ったくらいだった。

いい仕事が欲しいなら、自分を磨かなきゃ

それからわたしは、美容師の仕事と並行してグラビアの仕事も始めた。
綺麗にメイクして、カメラマンの前に立つ。
それは初めての経験で、ライトやシャッター音に胸が高鳴った。
……と言ってもわたしに来た仕事は撮影会とかだった。
グラビアの仕事って水着がメインになるわけで。
今だといろんなタイプが人気だけど、当時は巨乳がブームだった。
なんでもかんでも巨乳、それが正義という感じだった。
その波に乗りたかったのに、わたしの胸は……小ぶりだった。
今でこそそれを売りとしているし、チャームポイントだとは思っているんだけど、その

せいでまず募集要項を満たせなかったりした。

もっと仕事がしたい。そしてたくさんの人に自分を知って欲しい。

その頃のわたしは面接で何も特技が言えなかったこともあって、お芝居がしたいと思うようになっていた。

演技レッスンを受けて、自分をもっと輝かせたい。

——有名になりたい。

少し仕事をしてすぐにわかった。

そのままの自分で仕事が来るなんて幻想だ。

どんな原石だって磨かなくては光らない。

いい仕事が欲しいなら、自分を磨かなきゃ。

そして魅力的な存在にならなくては仕事は来ない。

でも、そのためにはお金がいる。

できればグラビアの仕事でそのお金を作りたいのに、仕事が来ない。

これが現実だった。

美容師の仕事も相変わらずの環境だったし、実家暮らしだったものの、家族ともいろいろあって喧嘩が多くて……。

仕事を辞めたい。

そして、家を出たい。

せめて環境を変えたいと思った。

事務所に入ることで大きく何かが変わるというわたしの期待は儚く砕け散って、一層、孤独感が増していった。

だから魔が差したのかな。

誰かに話を聞いて欲しいと思った。

メールをしてしまった。

――Aくんに。

高校のあのとき以来、連絡なんて取ってなかったAくんに、わたしはメールをしていた。

メールアドレスは変わっていなかったようで、すぐに返信が来た。

わたしは「ごめん、間違えちゃった」なんて返したけど、それは嘘だった。

「久しぶり。元気？」

メールの画面を見ていると、懐かしさが込み上げてくる。

あの暑い夏休みの夜の雑踏のざわめきが、花火のきらめきが脳裏に蘇ってくる。

Aくんは今、不動産屋さんの営業をしているのだという。

それからわたしは一方的に泣き言メールを送った。

「それじゃあいろいろ話もあるしさ、近いうちに飲みに行こうよ」

会う。Ａくんと？

わたしは少し迷った後「はい」と返事をした。

不動産の話とか聞けたら、なんて自分に言い聞かせながら。


次の休日。

わたしは駅の改札前に立っていた。

さっきから前髪の調子が気になる。

何をそわそわしているんだろうと思った。

「あ、待った？」

そこに仕事上がりのＡくんが改札を抜けてやってきた。

学生時代の面影を残しながら、すっかりスーツが馴染んだ男性になっていた。

「うわぁ、キレイになったね」

そんな台詞も言えちゃうんだ。

わたしの知っているＡくんは、何か言いたいことがあっても恥ずかしくて口をつぐんでしまうようなところがあった。

中学生はそういうものと言われれば、そうなのかもしれないけど。

大人になっちゃったんだね。

わたしも、Aくんも。

「この先に、美味しい焼き鳥の店があってさ……どうした？」

「あ、なんでもない。行こ行こ！」

わたしたちは、和モダンな内装の小洒落《こじゃれ》た焼き鳥屋のカウンター席に座った。

「で、美容師やってるんだっけ」

悩みそのものはこの間メールでぶちまけてしまったので、それをなぞるような会話が続く。

「賃貸契約に必要なのは収入を証明する書類とか保証人とか……」

一応、家を借りる際のことなども聞いた。

Aくんは初めて一人暮らしをするであろうわたしのために、丁寧に説明してくれる。

「ごめん、ちょっとトイレ行ってきていい？」

「あ……どうぞ」

Aくんがいなくなった後、わたしはふとテーブルの上を見た。

彼の携帯がそのまま置いてある。
そこに付いていたやけにかわいい熊のストラップが目に入る。
わたしはそこに女の影を見た。
あ、これ自分の趣味じゃないんだろうなっていう。
「やっぱクズじゃん」
彼女がいるならこんなとこ来ちゃダメじゃん。
わたしは目の前のジョッキを摑むと、一気に飲み干した。

当たり前だけど、Aくんと会ってもなんの解決にもならなかった。
なんでこんなに全てが上手くいかないんだろう。
こんなんじゃダメだ。
わたしはとにかく現状を打破するために、家を出ることを決めた。
事務所の人に聞いたら、寮があるんだって。
寮費も前借りできるから、しばらくはなんとかなる。
美容師の仕事も辞める。
そのことは、両親には言えなかった。

グラビアの仕事にだっていい顔をしていない。

言って、邪魔をされたくない。

わたしはわたしの生き方をしたかった。


そして、わたしは家出を決行した。

少しずつ、キャリーケースに入れて必要なものだけ部屋から持ち出して、わたしは寮の一室に引っ越した。

「……がんばろ」

物の少ない部屋は、がらんとしてやけに声が響く。

これからグラビア一本で、なんとか生きていかなきゃ。

Aくんにも、もう心配しないでって言わなくちゃ。

わたしは携帯を手に取った。


ここからのし上がってやるっていう気持ちは、より強くなっていった。

相容れなかった家族のことや、職場で孤立したこと。

辛かった。

悲しかった。

誰かに認めて欲しかった。

わたしを知って欲しかった。

——ということをわたしはAくんに滔々《とうとう》と語った。

これはきっと初恋の呪い。

何度もやめようと思ったのだけど、わたしはまたAくんと連絡を取っていた。

「はああ……」

「大丈夫？　もう閉店だよ」

「うん……」

しまった。飲み過ぎたみたい。

それを見たAくんは「送ってくよ」と言ってタクシーを停めてくれた。

優しい。

でもその優しさはわたしじゃない子にも向けてるんでしょ。

だから家に着いても、上がってお茶でもなんて言わない。

わたしは所属している事務所の受付のバイトをしたりして、お金を貯めていった。

このお金が貯まったら演技レッスンを受ける。

そしたら仕事の幅も広がる。そんな風に思っていた。

ちょうどその頃、撮影会のモデルの人気投票があった。

一位になったモデルは、雑誌に載れる特典が付いていて、わたしはこの仕事に俄然燃えていた。

もしかしたらこれをきっかけに人気が出るかもしれない。

そのうち写真集が出るかもしれない。

女優としてドラマに出られるかもしれない。

ドキドキの投票期間が始まった。

滑り出しは好調！

わたしは人気第一位に躍り出ていた。

そして、投票最終日。

二位との差もそれなりにあって、わたしの優勝はもう目の前という状態だった。

だけど——。

最終日に、二位だった子に抜かれた。

わたしはその結果を聞いて、気が遠くなりそうだった。

なんで……あれだけ差があったのに？

出来レースっていう言葉が脳裏に浮かぶ。今回の人気投票のライバルは大手事務所のモデルだった。

ほんとはそんなこと考えたくない。考えたくないけど……。

一位と二位ではまるで違う。

わたしは絶対に一位になりたかった。


そんなこともあって、わたしの精神状態はその頃最悪だった。

家に帰ると、膝を抱えて毎日泣いていた。

もう本当に干からびてしまうんじゃないかってくらい、泣いていた。

悪いことは重なる……のだろうか。

わたしはそのまま風邪を引いて寝込んでしまった。

深夜になって、自宅のインターホンが鳴る。

こんな時間に宅急便が来るはずもないから、わたしは無視していたんだけど、あまりに何回も鳴るもんだから、ドアスコープを覗いてみたら……Aくんだった。

仕方なく、ふらつきながらドアを開けた。

「どうしたの？」

「いや……終電逃しちゃってさ」

お酒の匂いがする。

さっき少し下がった熱がぶり返してきそうだった。

「いや、ほんと無理なんだけど。わたし具合悪いし」

玄関先でそう言って追い返そうとしたんだけど、Aくんは勝手にわたしの部屋に入ってきた。

「お前、いちいちかわいいな」

そう言って、Aくんはわたしに抱きつくとキスをした。

お酒臭い息が頬にかかる。

具合悪いって言ったじゃん、最低。

とか思っている間に、Aくんの手がわたしの胸やお尻をまさぐっている。

わたしは強くAくんの体を押した。

「帰ってくれないと嫌いになる」

そう言うと、Aくんは小さな声で「ごめん」と言って出て行った。

それを見て、わたしは話を聞いてくれたのも優しくしてくれたのも、下心しかなかったんだな、とつくづく思った。

そしてわたしはとうとうAくんの連絡先をブロックした。

本当にその頃が一番ボロボロだったかもしれないって思う。どこにもいられなくてひとりぼっちで、かといって肝心のモデルの仕事は上手くいかなくて。

演技レッスンのお金を貯めるために節約生活をしていたのもよくなかったかもしれない。わたしは極端なところがあるから、その頃は本当にお金がなくて、事務所の人にご馳走になったりしながら、一日五十円生活とかしていたの。

新しい仕事に不安な状態でそんなことしてたら、病んじゃうのも無理ないかなって。

そうそう、その頃やたら涙もろくて、道端で歩きながら大声で泣いちゃうような状態だったな。

夜中に道ですれ違ったサラリーマンの人がびっくりして、自販機で飲み物を買ってくれたこともあったっけ。

自分は誰かのために今を生きてゆきたい

二〇一一年三月十一日、日本を、いや世界を震撼させた出来事が起きた。

——東日本大震災。

直撃を受けなかった東京も電車が止まり、一部では計画停電も起き、物流の混乱などがあった。

何より不安だったのは、被災地から次々と届く被害の状況、そして不確かな情報。

その膨大なニュースの数々に、わたしは呆然としていた。

何よりも尊重すべきものと思っていた人命が、自然の力でなすすべもなく失われていく。

なんて無力なんだろう。

わたしはそう痛感しながら、人気投票の出来事で失われていたやる気が再び湧いてくるのを感じていた。

なんというか、こんなに簡単に人間って死んじゃうなら、やりたいことをやりたい。自分は誰かのために今を生きてゆきたい。

どうせ死ぬならがんばろう、みたいな。

それからわたしは、〝恵比寿マスカッツ〟というAV女優やグラビアモデルで構成されたセクシーアイドルグループに加入した。

テレビディレクターのマッコイ斉藤さんと面接して、「おねだりマスカットSP！」というテレビのバラエティ番組に〝スレンダーの国からこんにちは〟のキャッチフレーズで出演することになった。

ようやくテレビに、しかも冠番組に出ることができた。

時期を違えて恵比寿マスカッツには二回加入することになるんだけど、最初に加入した時期は半年くらいと短かった。でもいろんな経験をさせてもらった。

そのグループに入ったことで、わたしは初めてAV女優さんと話す機会ができた。

彼女たちはわたしが思っているのと全然違って、悲愴感なんてなくて、キラキラしていて、堂々として見えた。

わたしには彼女たちが眩しかった。

しっかりと自分の芯を持ち、身体を張ってバラエティーに臨み、そして時折見せる相手への思いやりだとか。

とにかく感動を与えつづけているそんな彼女たちの姿を見て、憧れと共にAVという仕事への恐怖心みたいなのは薄れていった。

AV女優の仕事の環境もそんなに悪くないのかなと思い、わたしの中で挑戦してみようという気持ちが芽生えた。


「わたしもAV、やってみようと思うんです」

AVだったらわたし、今までと違うステージに立てるかもしれない――。

わたしは事務所にそう相談した。

決して簡単に決めたわけじゃない。

それがどんな意味を持つのか、もちろんわかっていたから。

その結論を出すまでは簡単じゃなかった。

世間一般が思っているよりも、AV女優の仕事はひどいものじゃないってマスカッツの先輩方を見てわかった。それでも人生を一変させてしまう決断だっていうことは自覚していた。

「メリットその一……有名になる」

わたしはこの一大事を決めるに当たって、紙にAV女優になった場合のメリットとデメリットを思いつく限り書き出していった。

そうして、メリットがデメリットより二つ多かったことから、最終的にAVに出ることを決めたのだった。

その決意を事務所に伝えると、ちょっと驚いた様子だった。

元々、AVのほうが本業の事務所でもあったので、歓迎だったそうなんだけど、「この子、本当に大丈夫か……」って思ったみたい。

割とお金が欲しいという動機で業界に入ってくる子が多い中、「有名になりたい」というわたしの動機はちょっと珍しかったみたいだ。

とにかく、AV用の面談を改めて事務所とさせてもらって、わたしが本気だということをわかってもらえた。

けれども、ネックになったのはわたしの経験値の浅さだった。

同年代の女の子と比べて、わたしはガードが堅いほうだという自覚はある。

そんなわたしが、AVの撮影をこなせるのだろうかと心配されているようだった。

メーカーとの面接も終えて、バタバタと目まぐるしくデビュー作の撮影の準備が始まった。

……ちゃんとできるかな。

不安と緊張を覚えながら、貰った台本を何度も読んだ。

普通はそんなことしないらしいんだけど、メーカーのプロデューサーがパッケージ撮影だけでなく、本番の撮影にも付き添ってくれるらしい。

わたしは改めて周りの人たちの期待——と不安を感じてしまった。

そんな初めての撮影は、まず裸になることが大変だった。

AVなのに何を当たり前のことを言っているんだって思われそうだけど、明るいところで裸になるなんて、普通に生活してたら経験しないでしょう？

その上で、人の見てる前でセックスをする。

そんなこと初めてで、いざ現場に入るとどうしたらいいかわからない。

とんでもなく緊張して、自分で決めたことなんだけど、わたしは涙が止まらなくなってしまった。

そのせいで、撮影スケジュールが変わってしまったり。

本当は初日にあった絡みが、わたしがあんまり泣くので翌日になって……。

わたしの人生初のＡＶ撮影は、そんなわけで頭がパンクしそうなくらい動揺して終わった。

男優さんや他のスタッフさんはすごくプロというか、仕事に徹していて、わたしももっとしっかりしなきゃと感じた。

ちゃんと女優らしい演技ができてきたのは三作品目以降じゃないかな。

仕事のセックスをしているときは、どこか自分じゃないように思えた。

上から見下ろしているみたいな。

第三者目線っていうのかな、希島あいりという別の人間が演技しているのを見ている感じ。

そんな撮影を乗り越えてデビュー作のサンプルができてきたときは、胸がザワザワして、ドキドキして。

それを観て、ああこれでデビューなんだ、もう後戻りはできないし、ＡＶ女優としてやっていくぞっと決意を新たにした。

――そうして、わたしはＡＶ女優としてデビューした。

こうしてデビュー作は発売され、ありがたいことにかなり売れたみたいだった。

販売サイトで月間一位をとったのは嬉しかったな。

それをきっかけに、歌のオファーが来たり、いろいろな挑戦ができるようになった。


デビュー当初は、本当にセックスのことをあんまり知らない人が出ちゃったみたいな感じだったし、AVもほとんど観たことがなくて知らなかったせいで、自分が潮を吹いたときに驚いて、それもいきなり大量に出たので漏らしちゃった！　と思って「ごめんなさい」って言いながら拭こうとしたな。

わたしは結構、潮を吹きやすい体質だったみたい。

それも初めて知った。

大人のおもちゃも撮影で初めて見たりして。

ローターだったと思うんだけど、何これ何これ？　ってなって、正直少し怖かった。

指を入れられるのも怖かったし、だいぶ体がこわばっていたんだと思う。

男優さんに「大丈夫だよ、リラックスして」って言われたことが何回もある。

イクっていう感覚もAV女優になってからわかった。

絶頂するときに声に出して「イク」とは言うんだけど、わたしの場合はそこで力んじゃってたのね。

それ以上イッたら死んじゃうんじゃないかって。

最初にその感覚を受け入れたのは、ドラマものの作品だった。

それ以降は自然にできるようになったな。


ＡＶ女優になって、プロのセックスを経験して、よく今までの彼氏はわたしで満足できてたなって思うようになった。

相手を気持ちよくさせようという意識がなく、フェラもしなかったし（というよりよく知らなかった）、相手にまかせていただけだった気がする。

デビュー作は泣いてばかりだったけれど、だんだん自分の要望を言うようにもなっていった。

少ない経験値の中で、男の人に舐められたくない、自由でいたいって気持ちが強くなっていったわたしは、ＡＶ女優になったことでそれが叶えられたような気がする。


ＡＶ女優になってよかった。

強がりじゃなく今はそう言えると思う。

胸が小さいということがコンプレックスだったけど、さらけ出すことで自信になった。

そこが好きだと言ってくれる人がいる。

それが嬉しい。

もちろんいいことばかりってわけじゃない。

失ってしまったものもある。

地元には噂があっという間に広がって、携帯に連絡先を交換した覚えのない元同級生から「応援してます」なんてメールが届いたりした。

微妙な気持ちになるのは、その通りなんだけど、それよりも嫌だったのは、その「応援してます」と併せて、「お金貸して」と書かれていたことがあったことだ。

なぜか、ＡＶ女優はお金持ちだって思っているのね。

バブルの頃じゃないんだからって思うんだけど。


「次のシーン、入ります」

「はーい」

人前に出ることにびびっちゃって、泣きっぱなしだったわたしはもう昔の話。

撮影も、もう馴れた。

デビュー前はセックスそのものがよくわかってなかったわたしだったけど、今では好きな体位もある。

積極的に主体となってプレイすることもあるし。

実は、段取りが決まっていないときは監督に相談して、その体位をやらせてもらったりもしている。

わたしはそれを「お寿司型騎乗位」と呼んでる。

どういうのかと言うと、仰向けの男優さんに跨《また》がって、被さるみたいに胸と胸をくっつけて腰を動かすの。

そうするといいところに当たって気持ちいいし、ぎゅっと抱きしめるみたいな体勢が安心感あって好き。

ちなみに「お寿司型騎乗位」っていうのは、男優さんがシャリで、わたしをネタになぞらえたわたしのオリジナルな呼び方。

まさにぴったりな呼び名だと思うんだけど、これを他の人に言うと笑われる。

なんでかな。

それから十年、わたしはＡＶ女優として活動を続けた。

ＡＶ女優といってもいろんな人がいて、続けたくても続けられない人ももちろんいる。

そんな中で、十年もＡＶ女優ができたっていうのは奇跡だなってしみじみ思う。

この十年の中で、ＡＶ女優を続けながら、ＡＶ以外の仕事も経験した。

音楽活動や、最近では声優の仕事なんかも。

ＡＶ女優がなんで？　みたいに言われることもあるけれども、わたしはこれがやりたいと思ったことを続けていくと思う。

ファンの方も喜んでくれるし。

みなさんの喜ぶ顔が見たいって、キレイごとなんかじゃなくて、本心からそう思う。

引っ込み思案だったわたしが羽ばたけた。

何もかも上手くいかなくて、孤独感を募らせていたわたしが、今はたくさんの方々に囲まれている。

負けん気だけで突っ走ってきたけど、これでよかったのかなって思えるようになってきた。

「希島あいり」をやっててよかった。

ここまで読んでいて察した方もいるかと思うんだけど、わたしはAV女優になってから、彼氏を作っていない。

まあ、単に出会いがなかったとも言えるんだけど。

仕事のセックスで十分かなと思うし、仕事に集中したいというのもある。

次に彼氏を作るとしたら引退してからかな。

ただ、AVでのセックスは気持ちよさもあるし、テクニックもすごいのだけれど、あくまでお仕事で、そこに愛はないので彼氏との愛あるセックスがしたいな。

仕事のときはスイッチを切り替えているんだけど、プライベートが寂しいもん。

そんな風にいつかは……とか思ったりもするけれど、それまでは、目の前の仕事に全力投球したい。

それがわたしの正直な生き方だって思う。


下記のQRコードから、希島あいりによる文章の読み上げや当時の思い出を語る《音声ファイル❺》を聴くことができます。

だから今の自分を誇っていきたい

恋とセックスを知らないわたしから、今のわたしまで、わたしは覚えている限りを語った。

「こんな感じでいいんでしょうか。あんまり面白くないかも……」

一通り話し終えると、出版社の窓からは薄オレンジ色の西日が入り込んでいた。

「いえ、いいんですよ。そのまま話していただければ」

編集者はそう言って微笑んだ。

ＡＶ女優の中には本当にセックスが好きで、何人もセフレがいるような人もいると聞く。わたしは全然そういうのがなくて申し訳ないなと思うけど、ないものは仕方ない。

女優になって十年。

あっという間だった。

辛いこともあったけど、最近は生活も気持ちも安定している。

そう考えると長かったなぁって思うんだけど。

ＡＶ女優として走り続けて、最近は今後のことを考えるようになった。

先のことと言っても以前のように「死んじゃいたい！」みたいな悲観的なことは考えてない。

ＡＶ女優を引退したらどうしようかなって。

わたしの第二の人生ってどうなるんだろう。

引退後も仕事に生きて、タレント活動や音楽活動をもっと思いっきりやるのもいいかな。

それとも誰かと出会って、今後はその人のために生きるのもいいかな。


そもそもわたしを好きになってくれる人っているのかな。

あ、これからもしお付き合いする男性には、撮影で磨いたテクニックでご奉仕できるかなとかは思うけど、出会いもないしあんまり想像できない。

仕事にプラスになることもあるから彼氏くらい作ったら？　なんて言われるんだけど、そんなに簡単に付き合えないよ。

この間もマッチングアプリしたら？　って言われたけど、どうやったらいいかわからないし、マッチングした人がわたしを知ってたら、びっくりしちゃうんじゃないかなって思う。

軽い気持ちで付き合えないわたしの性分は変わらないし、もし次に付き合うとしたら一生一緒にいてくれるような、誠実な人がいい。

そんなわけで仕事との両立は難しいかなって思ってる。

どんな選択でも、楽しんでいけたらいいな。

わたしがここまでやってこられたのって、ファンの方々の力がすごく大きいと思っていて。

その人たちに好きでいてもらえる自分でいることが大事。

胸を張って、幸せだよ！　って言えなくちゃファンの方にも失礼かなって。

引っ込み思案だったわたしがこんな風に人前に出る仕事をするようになった。

ひとりぼっちで泣いてばかりいたわたしはもう過去のものになった。

自分が自分でいられるように、わたしは努力もしたし、戦った。
――だから今の自分を誇っていきたい。

下記のQRコードから、希島あいりによる《音声ファイル❻》を聴くことができます。

■原作■

希島あいり

1988年12月24日生まれ
B85cm W58cm H87cm
160cm／血液型O型／東京都出身

2011年より　グラビアモデルをメインに活動開始
2012年10月　初代恵比寿マスカッツ9期生として加入
2013年 8月　アイデアポケット専属女優としてAVデビュー
2015年 2月　Milky Pop Generationより「君へ届け」で歌手デビュー
2017年 3月　自身初となるワンマンライブ「Kijimania vol.1』を開催
2020年 3月　第2世代恵比寿マスカッツへ電撃再加入
2020年12月　ポニーキャニオンより「東京resistance」でメジャーデビュー
2023年 5月　DMM GAMES『クリムゾン妖魔大戦 』で声優デビュー
2023年 8月　AVデビュー10周年を記念した写真展「希跡」を開催
2023年 8月　X（旧Twitter）フォロワー数100万人突破

現在はアイデアポケットとアタッカーズのW専属女優として、毎月作品をリリース。その他、映画やドラマ、Vシネマ、舞台、ラジオ、バラエティなど幅広く活動中。

○希島あいり公式 X（旧Twitter）
x.com/airi_kijima

○希島あいり公式 Instagram
instagram.com/airi_kijima

○希島あいり公式 TikTok
tiktok.com/@airi_kijima

10周年
おめでとうございます
FAMILY★

■文■
高井うしお
『『金の星亭』繁盛記〜異世界の宿屋に転生しました〜』でデビュー。
『百花娘々奮闘記〜残念公主は天龍と花の夢を見る〜』で漫画原作も担当。
別名義でＢＬ小説も書く、様々なジャンルを反復横跳びする作家。

■カメラマン■
土屋久美子

■スタイリスト■
伊藤文香

■ヘアメイク■
都築ヒカリ

■音声収録■
ウィアードジャパン

■編集協力■
大村茉穂

■企画・編集・デザイン■
鴨野丈（KAMOJO DESIGN）

彼女のリアル
ドラマチックじゃないなんて知ってた
希島あいりの恋とセックス

二〇二三年　一〇月　二〇日　初版印刷
二〇二三年　一〇月　三〇日　初版発行

原作……希島あいり
文……高井うしお
発行者……小野寺優
発行所……株式会社河出書房新社
〒一五一-〇〇五一　東京都渋谷区千駄ヶ谷二-三二-二
電話〇三-三四〇四-一二〇一（営業）　〇三-三四〇四-八六一一（編集）
https://www.kawade.co.jp/

印刷・製本……三松堂株式会社

Printed in Japan　ISBN978-4-309-03148-4